蔡康永爱情短信

未知的恋人

作者 蔡康永 演出 曾恺玹

湖南文艺出版社
HUNAN LITERATURE AND ART PUBLISHING HOUSE
博集天卷
CS-BOOKY

蔡康永爱情短信
未知的恋人

目录

恋爱之故事——

未 知 的 恋 人

一旦恋爱了，

到底会变成什么样的人，

我们自己也无从知道……

于是恋爱中的你和我，

都一起成为了——

未知的恋人。

第一章

隔着手机看别人恋爱

黑暗中，手机发出孤单的微光，像一扇小而神秘的窗户，把另一个世界的月光引进来，轻柔地铺在女孩的脸上。

女孩躺在床上，头发缠绕枕边。她看着手机上一个男生的照片，心里却不是甜蜜，而是委屈，她想把照片删除。

这个女孩叫作逗点。逗点这称呼是同学取的，因为女孩每次发短信，都一律用逗点结束。

明明话已说完，该用一个简单明了的句点结束的地方，她都还是习惯用逗点，使得收到短信的人，常常以为她后面还有什么想讲的事，比方说，她说："晚安，好好睡。" 都被她写成："晚安，好好睡，"让收到的人以为她接着还要说什么，她却早已比对方先睡着了。

这种短信发得多了，同学就决定叫她逗点，给她这种任性使用逗点的癖好贴个小标签。

但逗点在这个深夜，对着手机上的照片，心情却不是期待的逗点，而是坚决的句点。她一下就连续删去三张同一个男生的照片，因为碰到了丢脸的事——

逗点在地铁偷拍这个男生，结果，这男生竟然出现在逗点打工的餐厅，还认出她来。

事情是这样子的——

今晚，又是某个所谓情人应该共度的夜晚，逗点照她本分该做的，仍去她打工的那家餐厅上工。这对她来说没什么，反正她没有恋人可以共度，恋爱者只管恋爱，世界仍须运转，依靠的就是他们这样暂栖于青春、长期无恋人的“工蚁”。

工蚁无恋人、无表情，但自有看不见的两根触角在额前咻咻挥动，接收空气中各式恋人们排放的甜或苦。

逗点在打工的餐厅，咻咻挥动触角，端着盘子跑来跑去。她看着盘子里的菜摆成心形，成双成对，她偷吸一口气，想闻闻看那是否就是爱情的香味，但闻到的无非只是煎鹅肝或黑松露，是钱，但不知是不是爱。

穿着餐厅制服的逗点，长发盘起，下巴的线条柔和中隐藏一点点个性，鼻尖微翘，脸白白的，有点黑眼圈，没笑，可能因为跑进跑出腿快抽筋了，但唇形本身带着笑意，所以看起来也不像是在生气，比较接近孩童的坚毅。

她快步把菜送到第十七桌。帮客人把盘子放正的那一瞬，她的触角收到一丝“糟糕”的信号：第十七桌的男客人，是她搭地铁时偷拍过三四次的那个不认识的男生。她有点慌，祈祷那男生以往并不曾注意过自己，也就不会指认自己。她避开男生的目光，打算默默溜走，没有想到，和那男生同桌的女生却开口了——

“我男朋友说你在地铁上用手机偷偷拍过他，好几次……”

那男生有点被吓到，忙伸手阻止女友再多说，刀叉掉落，砸在餐盘上，好大声。逗点慌乱中觉得那刀叉好像就砸在自己头上，眼前冒了两颗金星，慌忙拿起盘子，逃离那桌。逃了两步，发现不该把客人还没吃的菜端走，又冲回去把盘子放回桌上，才再次逃走。

接下来，她当然没有勇气再靠近十七桌，只好拜托同事帮忙。这就是她的今晚，在小型的羞耻里度过。

逗点奔忙一晚，总算回到家里。她回家路上看着沿路的爱情节庆装饰，心里感叹：这些节日啊，都像跷跷板一样，把一端的人捧得高高的，好像要摸星星，另一端的人就落得好低好低，低到吃土。

现在夜深了，脚酸、肩膀也酸的她躺在床上，觉得自己很窝囊。她对着那几张偷拍的照片默念着："我其实不是拍你……我拍你，是因为你真的长得好像我喜欢的那个男生……"她把那几张照片都删了，也删掉了这次丢脸的事迹。

删去照片以后，她习惯性地继续用手机上网，随意地逛逛。很多人在网络上讲他们今晚的甜蜜时光，也有很多人追忆他们谈过的恋爱，把和往日恋人的合照发了一张又一张。逗点躺在黑暗中，面对着手机这一扇小小的窗户——她感觉这扇窗太小了，她钻不进去。

"我的初恋啊，你会在哪一天？用什么方式？搭乘谁的翅膀？降落在我的人生？"她模糊地在脑中触摸着泡沫般浮出水面的一个一个问号，睡着了。

逗点睡觉的房间是租的，同一户还住了另一个女生，叫作登登。登登快三十岁，毕业好几年了，在动物园当饲育员。她赚的薪水比逗点多，付的租金较多，所以用大的房间，也比较常用客厅。

登登的身材处于快要被别人称为胖子的悬崖上，也就是说，再多往前迈一步，就会果断地被别人称呼为胖子了。这表示她对正式成为胖子这件事，心中还是有装警铃的。

登登的五官都比逗点的再“扎实”一些，洋溢着斗志与热情。

可能是因为在动物园工作的关系，登登对人直率，有话就问。可以想象，一个人，如果每天都要探查骆驼到底怀孕没，企鹅为什么胃口变差了；还要阻止猴子抢食手边的饲料，又要在替黑熊清洁房间时，防止自己被黑熊吃掉——过着这样生活的人，拥有直来直往的个性，应该很理直气壮。

“我胖了没？你看我最近胖了没？”登登吃泡面或爆米花时，如果不经意和逗点目光碰到，就会揪住逗点的领口，像流氓般逼问。这时，逗点就会笑着回答“完全没胖”之类的场面话。然后两个人互相掐捏对方腰间的肉，逼问着：“那这是什么？孤单寂寞的人难道不应该瘦一点吗？啊？”然后两人闹成一团。

登登虽然比逗点年纪大了一截，但她也是无恋人状态，而且她告诉了逗点，不是“一时无恋人状态”，而是“一直无恋人状态”。

所以这两个住在一起的女生，聊天时不免常对爱情这件事发表意见，也很关切明星之间闪亮的悲欢离合，不但希望郎才女貌，同时也希望那些遥远的爱情故事里，会示范体谅、忠贞、浪漫，甚至是正义。那心情，类似于虽然自己从不打球、跳水、玩单双杠，但非常关切那些打球、跳水、玩单双杠的选手可曾受伤、可曾累到哭、可曾动不了、可曾得金牌？

不过，逗点从来没有向登登透露过，她正在偷偷迷恋他们学校的一个男生。

逗点也不是故意瞒着登登，而是她还没搞清楚自己这份暗恋的成分是什么？是只因为想要恋爱了，就找一个莫名其妙的人，给他脖子上挂上“恋人”的牌子？还是她从未启动的恋人雷达，终于真的在茫茫人海中，侦测到了那个值得她宣布动工的人？

逗点想要等自己再搞清楚一点，才告诉登登，她有点怕登登过早展开生火、加油、添柴，搞乱她的头脑或心情。

不过这个暗恋还真有点不祥。逗点只是因为从来没机会拍到她暗恋的这个男生的照片，才会一时兴起，在地铁上随便拍了一个长得相似的男生，结果出了丑，看来恋爱这事果然有一定的危险啊。

这天由餐厅收工回家，她心情明显低落，同住的登登当然察觉到她有状况。登登问了，但逗点没说什么，于是登登决定一本她豪迈的作风，拉她出去散散心。

凌晨四点，昏昏沉沉的逗点听见敲房门的声音。她四脚着地，爬着去开了房门。登登站在门框中间，背后还有光晕，居高临下，看着她说：“走吧，我带你去动物园看日出！”

黎明前，动物园里那些过度人工化的装置，假山洞、假树干的，竟然都朦胧地展现出一丝世界刚开始时，没什么好担心的原始气派。这可能就是登登觉得来动物园看日出，可以舒解生活中小疙瘩的原因之一吧。

长颈鹿已经醒了，三四只地聚在一起，出神地望着天边。天边隐约能看见有一小群鸟飞过。

逗点脸上露出了微笑："好安静，好美。"

"走，我们去看河马。"登登拉着逗点大步走，一路惊醒了猴子和土狼。

到了围栏边，登登轻轻地拿出了钥匙，打开栏门，小步地移到几块大石边，拉逗点一起坐下。

逗点看了看四周，什么都没看到。她很小声地问："河马呢？"

登登指指她们眼前的一大片水池。逗点困惑地望着水池的表面，水面微微映射出一点天光。她听到一些咕噜咕噜的声音，眯起眼睛，看见一些小光点浮出了水面。她很惊讶，看看登登。登登笑着点点头。逗点看回水面，水上那些小光点是河马的眼睛。几只河马只把鼻孔、耳朵和眼睛浮出了水面，静静望着岸边的两个女生。

就在这样的对望之中，天渐渐亮了。

登登带着逗点去准备饲料，两人拌妥了两大桶火鹤的饲料，走向晨光中的粉红火鹤区。

"咦？这么早，怎么火鹤已经整批在走动了？"登登很疑惑地在栏杆外停下脚步。等她看清状况时，她的嘴张大了。

一个长腿男生正在陪火鹤们散步。火鹤非常依顺他，他走左，火鹤的队伍就走左，他往右，火鹤的队伍就往右。他的腿很长，每跨出一步，火鹤群要两步才赶得上。

"喂！喂！你怎么……你是工作人员吗？！我怎么没见过你？"登登放下桶子，开门进去。逗点却没有跟进去，大概觉得自己也是闯入者，也才刚从河马区跑出来，似乎不必对另一名闯入者大惊小怪。而且她本能地觉得这个男生一点也不危险，仿佛就算他说他本来就和动物们住在一起，也不用惊讶。

登登查问这个男生，男生困惑地搔搔头，说他是一时找不到地方睡觉，就跑进动物园来睡了。

办公室还没有人来上班，登登其实也不知道该怎么办，就问这男生："是不是有谁给了你这一区的钥匙？"

"没有用钥匙呀，是它们让我进来的。"男生指着那群火鹤。

"胡说，它们怎么可能让你进来？"登登想生气，又有点想笑。

"咦？这里是它们家，它们当然可以请人进来呀。"男生说。

"算了，我不想惹麻烦，你赶快出去吧！"登登说。

"原来你也住这里吗？"男生问。

"我又不是鸟，干吗住这里？！"登登没好气地回答。

长腿男生笑嘻嘻地对登登点了点头，又对火鹤群挥挥手，走出围栏。火鹤们整齐地停下步子，呆呆地目送他。目光和逗点接触时，他停下了脚步，看着逗点。

"你的脾气，比她的脾气好。"长腿男生没头没脑地对逗点说了这句话。

"啊，有吗？"逗点不知该回什么。

"有，我感觉得到。请问，你正在恋爱吗？"长腿男生问。

"嗯？你在说什么？"逗点很惊讶。

"我有一个很聪明的老板，他跟我说：'人类和动物和植物不一样，人类在恋爱的时候，会学习很多事，也会变成比较好的人。'他告诉我可以注意一下这现象，只是我到现在还不明白，所谓的恋爱是怎么回事。也许我要再多跟大家相处一段时间，才会知道吧。"

逗点听得一头雾水，只好点点头。

“希望等我搞懂恋爱是怎么回事的时候，还会再碰到你！”说完，长腿男生从口袋里拿出一样东西，放到逗点手里。逗点一看，是一支木头做成的汤匙，明显是手工做的，有些粗糙，但很可爱。

“汤匙？”逗点问。

“是啊。你闻闻看，有木头的香味。”这个男生说的话虽然很难懂，但声音很好听，自备了一点点回音，仿佛他的唇齿之间藏着小小的竖琴。

逗点闻了一下，不知道说什么，就问他：“是你做的？”

“嗯，你随身带着，以后吃东西，都会香香的。”说完，奇怪男生就甩着大步伐开心地走开了。

逗点有点呆住，觉得这人也太随性了吧。她怔了一阵，再回过神来，这男生竟然已经脱离了她的视线范围。

“我听主任说过，会有人跑进动物园过夜，可这还是我第一次碰到，没想到还真的有这种事。”登登回到逗点身边，她刚才到处去巡查了一下，没发现什么异常，也没丢东西。

“刚才那个人讲话很奇怪，不过应该不是坏人，大概头脑出了点问题吧。你看，他还送我一支他做的汤匙。”

逗点把木匙收在口袋里。“我要回去准备上课了，今天早上要报告。谢谢你带我来动物园，我心情好多了。”

逗点笑着，转身轻快地走开。阳光从树叶间洒落下来。

窗户

小小的床，是我的领土，
小小的手机，是我的窗户。

黑暗中，这扇小窗户透进来的光，

是不是另一方领土上，

我可能的恋人，召唤我的光？

【给未知恋人的爱情短信】

第二章

命运改变恋人的座位

学校是奇怪的地方，校园里人很多，但这么多人里面，能令你睡醒时期待的，能令你想起时微笑的，却非常少，有时连一个都没有。

“也许世界也是这样子的吧……这么多人在身边，没有一个在心里。”逗点在教室昏昏欲睡，望着窗户外偶然经过的其他学生，“为什么一样的人到了教室外面就显得自由呀？”

下课铃声响起，全班精神一振。一个建造来上课的地方，大家跑来以后，却都指望着下课，这是学校的另一怪事。

逗点上次在动物园意外遇到的那个长腿男生说的话，虽然意思不清楚，但暗暗给了逗点一些模糊的激励。那天以后，逗点觉得自己应该为自己的暗恋做点努力。

她喜欢的男生叫作小晃，计算机系。

她是在学校各社团的“拉客日”那天的黄昏时分，初次见到小晃的。她清楚地记得，那天小晃的身后是一棵大树，树上的每根树枝都绑满了一张一张盛开的花朵的照片。整棵树五彩缤纷，衬着夕阳的光芒，各种花朵随风飘动。这稚嫩又灿烂的光景，使得站在树下的这男生，一个人就好像是一个节庆。

小晃不高，肩膀宽宽的，脖子粗粗的，牙齿大颗且笑起来发光。

逗点顺手拿起手机，要拍下小晃的单人节庆，小晃却跑上来挡住镜头，说要先加入摄影社才能拍照。这当然只是他为了“拉客”开的玩笑，但逗点也还是很听话地当场就加入了摄影社。

她本来就喜欢拍照，于是填写了入社表格。小晃说树枝上挂的每朵花都是他拍的，也是他挂上树的，他当场就示范了爬树的身手，果然很快。逗点抬头看着花朵照片飞舞的大树，想象着也许有一天，她可以拍摄许多角度的人脸，再把照片挂满一棵树。只是不知怎么搞的，逗点想象枝头挂满肖像照片的景象时，脑中浮现的那树梢的每张照片，都是这个刚刚才认识的小晃的脸。

她完成入社登记之后，心里有一种天真的高兴，想象在偌大的学校，多了一个有归属感的地方。她本以为这下可以正大光明地和小晃自拍一张合照，当成入社纪念了，没想到当下涌来一大批新生，问东问西，迫使小晃一下要应付好几个人。

逗点看看不好再打扰他，而天色也渐渐暗了，她想，以后有机会再拍，就拿起背包走开了。

那天遇见小晃以后，逗点在校园里只要发现盛开的花丛，就会晃一晃，留意一下，看会不会遇上刚好在拍摄的小晃，只是从未巧遇过。她有时看见什么花是罕见的品种，也会拿出相机，替小晃拍下来，打算集得多了，可以一并给他。只是那天之后，小晃就没有为任何私事联络过她，逗点充其量只有邮箱里定期收到小晃转发的摄影社活动通知。

逗点也就不好意思主动去联络小晃，只能尽量参加摄影社活动，这样多少还能一两周见到小晃一次。不过小晃大概课外生活很丰富，或者是参加了太多社团，参加摄影社活动的次数越来越少，这使得逗点也越来越提不起劲。

而且逗点每星期有三个晚上必须去餐厅端盘子赚钱，时间这么有限，更不用提她除了手边已有的旧款简单相机之外，完全没钱去买任何器材。逗点想，也许她应该暂停对小晃的喜欢了，因为她发现喜欢一个人，和喜欢一个风景或喜欢一本书，是不一样的——喜欢风景或喜欢书，都不会指望风景或书也挂念她，也对她回报以喜欢，确认她的存在，赐她喜悦。

但是喜欢一个人，会期望对方也会喜欢她，进而确认她的存在，赐她以喜悦。

就像她对小晃的指望一样。

而当她从小晃那边得不到任何回报时，她的喜欢就会变得很累，好像你一直生火，而火怎么也点不着，你一直推墙，而墙一点点也不移动。

逗点的陶醉、想象，或者失望、累，都是独角戏，渐渐显得荒谬。

她以为她的暗恋已经淡去。

她实在不知道她身上有什么线索泄露了她的这份暗恋，会令动物园的陌生男子察觉出，她散发了恋人的气味或渴望？

是她偷藏心底的憧憬？还是仍想努力看看的一点点剩余的斗志？

不管是什么，她记得那个男生所转述的那句话：人和动物、植物不同，人在恋爱里，会变得比较好。

为了这句话，逗点觉得应该再勇敢一点，再为自己制造一次机会。如果仍然行不通，她就回到原来的生活去。

于是逗点为自己的暗恋拟订了一个小小的计划，这个计划的根据是：学生，尤其是像小晃这样的男生，既怕考试，又不想念书。

逗点是建筑系的。教授之前带他们全班去看过一个法国犹太人留下来的一座古老大花园。花园里有一条花树形成的小隧道，现在因为缺乏管理、野生野长，看起来另有一种生趣。

花树隧道的背后，隐藏着逗点相信可以吸引小晃的东西——三座天使雕像。

教授介绍这三座天使，说是《圣经》里三支天使队伍的队长。三支队伍，第一支是掌握爱与荣耀的“炽天使队”，队长是大天使基母利（Kemuel）；第二支是掌握知识和仲裁的“智天使队”，队长是大天使约菲尔（Jophiel）；第三支是掌握正义和尊严的“座天使队”，队长是大天使拉斐尔（Raphael）。

教授说他以前念书时，遇到大考试，班上的男同学都会来这个花园，向智天使的大队长雕像祈祷考试过关。

“灵不灵啊？！”同学都笑着起哄。

“当然是大多不灵啊，哈哈，拜神、祈祷都是求个心安，如果都灵，那全天下的人都发财，考试都高分啦！就像你们听我讲了，等一下还不是多少会求个心安，过去跟大天使打个招呼？”

同学都笑着点头。教授又说：“以前我上学时，这里比现在整齐多了，我们班男生都顺便邀女同学来，拍照唱歌什么的，就算对天使的祈祷没效，考试挂了，反正也算是个把妹之旅，哈哈！”

同学又起哄一阵，接着对教授分析的欧洲传统式庭园设计敷衍地听了几句，就忍不住四下拍照去了。

逗点回想至此，就把计算机里存的花园照片翻出来看。她那天拍的智天使约菲尔的雕像非常有味道，在花木扶疏和破瓦残垣之间散发着幽深的魔力。

逗点把这张照片，再另加两三张呈现这古老花园景色的，一并打印出来，拿去贴在摄影社办公室的墙上。照片上，逗点用笔加写了这样一行字：“近郊古老花园的一座天使雕像，去参见它并用额头顶住它右膝祈祷，考试就过！我教授说的，因为这天使掌管知识和仲裁，”逗点习惯以逗点做结，加画了一个笑脸和署了名。什么额头顶在雕像右膝，是逗点为了听起来逼真，随手加的。

果然，考试来临前的一个星期，小晃还真的找上门来，印证了逗点听说的男同学“宁可拜神，也不念书”的铁律。

这天，逗点正在教室座位上整理鞋带，忽然察觉到什么。她一抬头，迎面走过来的，正是小晃！

逗点在一秒内迅速把头转开，把绑好的鞋带又扯开来重绑，但刚才那一秒，逗点已经看见——阳光沿着小晃全身轮廓，镶了一圈光。

逗点本来以为最快大概也要等到星期四社团聚会的时候，才能碰运气看到小晃，没想到小晃会跑来教室找她。

小晃出声唤了逗点，逗点这才抬起头。小晃露出令人放松的笑容，逗点脸上布置出若无其事的微笑，但她其实听到自己心跳变大声了。

“逗点，周末有空吗？我想请你带路去看郊外那个有天使的老花园，看起来很有味道，还可以拜拜，求考试过关，哈哈！你时间可以吗？”

“哦，好呀！”逗点答应。

逗点心里当然高兴死了，可惜逗点的惊喜只冒了一个小泡泡，马上就“啵”一声消失。

“是艾立思说她想去的。”

“啊……这样哦。”逗点几近失态地掩不住失望的语气，幸好小晃就像大部分这个年龄的男生那样，不会察觉这种事。

艾立思，听说是小晃正在交往的人，原来是真的。

“我会开车去哦。我再用短信和你约碰面的时间。”小晃说完，就说了再见。但走出教室前，他忽然又回头，笑着对逗点说：“好久没看到你了，你穿这样很好看。”说完，转身走了。

逗点呆呆看着小晃的背影，看了几秒，才醒悟过来：“原来喜欢一个人的时候，那个人就有了一个遥控器，可以用‘定格’的按键把我定住呀。”

逗点振作自己，决定即使有艾立思同行，她还是要高兴地和他们两人一起出游。

“小晃去向知识的天使祈祷时，我就偷偷跑去找旁边爱的天使祈祷好了。”逗点给自己加油打气。她不相信自己会是那种小气到拒绝陪一对情侣出游的人，即使那对情侣中有一个是她非常喜欢的人！

逗点强迫自己要大方，她用来勉励自己的理由，正是动物园遇见的那个长腿男生说的“恋爱会使一个人变更好”的话。

逗点想试试看，自己能不能真的变好到成为一名合格的恋人？

小晃的车，是英国的小车，小小的，像个盒子，简直像系上绳就可以快递到谁家去似的。

艾立思很利落，样子比较像女人，而不是女生。她穿窄衬衫和低腰牛仔裤。她看到逗点时，显得很高兴，热烈地拥抱她和谢谢她。

大概是因为艾立思在旁边，小晃也比平常更兴高采烈。他开心地看着两个女生拥抱，等她们抱完了，他也上去，手臂悬空地抱抱逗点。

逗点有点惊讶，但她可不来手臂悬空这一套，扎实认真地抱了小晃一下。

逗点看到小车后座放了饮料和吉他，另外，小晃颈子上还挂着单反相机，她想，他应该会替艾立思拍很多漂亮的照片吧。

开车时，小晃和艾立思当然并排坐在前座。

逗点一个人坐在后座。后座的那些罐头饮料，在座椅上滚过来滚过去的，搞得逗点有点烦躁。这时，艾立思从前座转身，请逗点帮忙拿一罐可乐。逗点替她拉开拉环，没想到可乐翻滚了一阵，一打开，立刻乱喷乱洒，弄得逗点一身都是。

逗点忍住没出声，她在餐厅端盘子，知道打翻饮料实在不必太大惊小怪，只是渐渐感觉身上黏黏的，有点难受。

艾立思当然非常抱歉，从前座抽了很多纸巾给逗点，嘴上一直说不好意思。

小晃大概想替艾立思解围，故作轻松地开玩笑说：“可乐洒在身上，总是比喝下去好呀，不必担心会变胖！”

小晃说完，车里的气氛更僵了。还好艾立思坚持叫小晃停下车，从前座跑到后座去，帮逗点清理。逗点这下觉得再不高兴会很过分，赶快恢复和两人的笑闹。

“本来有约了摄影社的阿征一起来，结果他家里临时有事不能来，不然你就不必一个人坐在后面了。”小晃说。

逗点嘴上笑着说“哪需要特地凑人陪坐后面呀”，心里却不免更加失落，感叹小晃把她放在生活里这种必须打发的位置。只是她脸上还要强颜欢笑，免得艾立思以为她还在不高兴。这样表里不一当然会累，渐渐就没什么劲了，小晃努力再要挑起些话题，逗点也都不太有力气接话，只在必要时为小晃指点一下行进的方向。

倒是艾立思明显比小晃放松很多，坦然地接受了车里气氛不再热络的事实，有一搭没一搭地和逗点聊些一般的话题。果然如同逗点感觉到的，艾立思真的比较成熟，她是大三的学生，比小晃和她都大两年。

艾立思说起她正在准备申请进英国某些研究所的资料，提到了英国一些事，逗点完全接不上话。逗点只在打工的餐厅听厨师讲过，英国料理是最适合在地狱开连锁店的料理，因为英国菜无趣到只有死人吃了，才不会抱怨。

艾立思听了哈哈大笑，说英国菜真的难吃。可能她也察觉逗点对英国的事不熟，就贴心地转移了话题，改聊逗点打工的餐厅的意大利菜色。

不只逗点不太能参与留学英国的话题，其实从艾立思提起准备留学的事开始，小晃就沉默了。逗点心里一下就明白了，他们在恋爱中，男生怎么会愿意听女生高兴地描述一段他将要缺席的未来。

一念及此，逗点忽然又莫名其妙地有点恢复了能量，热情地向艾立思询问更多准备留学的细节，艾立思也就顺势再回答了些。逗点却是一边假装在听，一边却忍不住在心里责备自己怎么如此幸灾乐祸，故意这样来对小晃泼冷水。然而，虽然心中自责，逗点还是东问西问。直到小晃终于忍不住，忽然把车上的音乐开大声，热心地叫她们两人注意听这首他觉得很有趣的歌，逗点才终于没再继续问艾立思留学的话题。

逗点听着歌，隐约有一种破坏成功的快感。这么小气的心态，令逗点自己都感觉到一丝陌生的害怕。她想到亏她还自我勉励什么恋爱里的人会变比较好，不禁脸红了。

她忍不住趁听歌的时候，传了则短信给登登，内容是：“谈恋爱会令人变得比较好吗？我怎么不觉得？”

过一会儿，登登的回复来了：“你问错人了，老娘还没恋爱过。不过，在我看来，只要别像螳螂那样，在交配的时候，母的当场把公的头咬掉的，但求口味别这么重，就可以算好了吧。”

逗点看了，偷笑一声，心里面好过了些。这时歌放完，逗点指路，叫小晃往右转，再开一下，古老的花园就到了。

老花园的沧桑和潦倒，很快就安抚了这三颗在青春里各自忐忑不安的心。小晃忍不住牵起艾立思的手，穿进花木生长而成的小隧道。现场突然目睹这画面，还是小小震动了逗点，但是经过了一路上的心情起伏，此时她的心已经略宽松些了。她略略加快步伐，抢在前面带路，领着小晃和艾立思去向智天使的雕像祈祷，这样也使她可以暂时不必继续目睹他们两人牵手而行。

当小晃真的依照逗点所捏造的方法，生涩地用额头抵在智天使的右膝祈祷时，逗点忍不住掩口偷笑：看起来这位同学真的不爱念书啊。至于艾立思，应该是不担心考试的好学生，在一旁悠闲地看着花木。

逗点自己晃到了据称掌握爱的炽天使雕像之前。她并没有对雕像祈祷，而是怔怔地望着天使像出神，又想到那古怪的长腿男生所说的人类会在恋爱中学习的事。她不知道自己是否正在学习些什么，她只感觉到以前的她，实在不曾在这么短的几小时内，这样密集地探视自己心里这些细微的变化。

这有点吃力啊，逗点不太习惯，但她预感自己似乎还算应付得了，也不知道这样算不算学习和成长呢？

小晃祈祷完毕，三人在花园里随意游荡。

小晃偶尔请逗点替他和艾立思两人拍照，这使得艾立思有点不好意思，也回报似的抢过相机来，安排小晃和逗点合照，这也令逗点颇尴尬。

逛了一会儿，小晃去车上拿了吉他，要唱歌给她们听。但逗点觉得应该让他们两人相处一下，自己就识趣地趁小晃调弦时，默默逛去别处。

逗点走到荒废的喷泉边坐下，隐约听到小晃弹着吉他，唱着一首逗点好像听过的歌——

“暗恋很美丽，暗恋也很心虚，因为暗恋啊，像是完全没有打算绽放的花，没有人会通知她，哪一天会是她的花季……”

回程路上，天有点暗了。车里，三个人热烈取笑学校里几个长相奇怪的教授，气氛比来时好得多。艾立思坚持要逗点坐在前座，她说自己想坐后面，可以躺躺。但逗点当然知道，这是好教养的艾立思，怕自己又被冷落。她不想显得别扭，也就顺从了坐到小晃的旁边。

“我上礼拜在学校拍到一朵云，形状真的像一颗心，我找给你看！”小晃忽然想到了什么，转脸对艾立思说，同时腾出一只手，拿起相机找照片。

运石头的卡车，就是这时候从侧面撞过来的。小晃、艾立思和逗点三个人所坐的那辆小小的英国车被撞凹，剧烈地旋转了半圈，好像一颗被猛烈从巨人嘴里拔出的巨大蛀牙一般，被命运狠狠摔在地上。

他们的小车，被撞得最凹进去的地方，是艾立思坐的地方。

遥 控 器

喜欢一个人的时候，

那个人就有了一个遥控器，

可以随时按下“定格”的键，

把我的心，

“定格”在那里。

第二章

用我的碎片映射你的完整

逗点在医院昏沉地过了很多时间。

逗点睁开眼睛的时候，先看到了一样东西，那是一支木头汤匙，表面很柔润，没有任何斑点，但木匙柄在靠近末端的地方，断掉了一截，像是被撞断的。

“这是什么？”逗点疑惑地望着木匙，想用手去拿，但有点吃力。病床旁边一个女生替逗点把木匙拿起，放到她手上。

“你是……啊，你是我的室友。”逗点辨认了一下，认出来这个女生，是她的室友，登登。

“哈哈，很好，你又认出我了。”登登笑着。

“什么叫‘又’认出你？”

“你醒过来第三天啦，这三天，你每天都重新认出我一次。”登登说。

“这是什么意思？我脑子坏掉了吗？”

“医生说再过几天就会好了。每天认出我一次，也不算太麻烦呀。”

“可是，这是什么？我想不起来这是什么。”逗点看着手上的木汤匙。

“这个嘛……”登登皱皱眉头，“医生说，这把木匙在你胸前的口袋里，应该是你拿来当你的环保餐具吧？爱吃鬼，把汤匙放在口袋，哈哈。”

“断掉了……在我身上断掉的吗？”

“嗯，医生说，你胸口看起来应该再断一根骨头的，结果没断，倒是口袋里这把汤匙断掉了……医生说这可以算是你的幸运物，所以给你摆在床头。”

“哪儿来的？”逗点的情绪和思绪，好像都还包在一层膜里面。

“这你也不记得哦。你告诉我，是那天早上我们在动物园碰到的那个奇怪的男生给你的。”

“……动物园碰到的……奇怪男生？”逗点摇摇头，“这汤匙的木头这么硬哦。”

“嗯，非常硬……”登登用手掰一掰，“我认不出来是什么木头。我是研究动物的，如果这件事你还记得。”

“登登，我是被什么撞的？”

“运沙石的卡车。”登登说，神色有点戒备，似乎是担心逗点接下来还要问的问题。也许前两天已经重复过这个过程了。果然，逗点继续问。

“那车上，不是还有……还有小晃？！”

“你有进步，名字都直接记起来了。”登登脸色为难，但仍鼓励她。

“他也在这个医院吗？小晃受伤了吗？”本来还有点昏沉的逗点，说出这句话以后，忽然有呼吸不过来的感觉。她不敢相信自己竟然能随口就问出了这个问题，她根本没有准备好要听这个问题的答案，会不会是她承受不了的回答，她不知道听了答案后会发生什么事。

幸好登登暂时没有要回答的意思，只是微笑着指指房门的方向。

逗点在病床上坐起来，转向房门。

小晃，完整的小晃。跟插着管子、包着绷带的逗点不一样，小晃没有疤痕，没有插着任何管子，没有连接任何吊瓶，甚至没有穿医院专门给病人穿的衣服。

“小晃！你没受伤！太好了……”

大颗的眼泪从逗点的眼眶迸出来。

逗点自己破碎了，却为小晃的完好无缺而高兴，像一个被打破的玻璃杯，仍用尽全力以自身的碎片，映射另一只完好的玻璃杯。

登登溜出了病房，大概觉得接下来的事，还是由小晃陪逗点面对比较好。

小晃走向病床，坐在床沿。小晃仍然能够微笑，但虚弱的逗点还是察觉到有一些东西已从小晃身上消失。

笑着的但是黯淡的小晃，握住逗点的手。

“啊！小晃第一次握住我的手。”逗点虽然瞬间认知此刻，但很奇怪，没什么心动的感觉，反而觉得充满了哀悼的气氛。

“你还好吗？”小晃问。

“头晕晕的。”逗点回答。

逗点觉得自己该问起另外一个人，但她怎么想，也想不起另外一个人的名字。

“那个……小晃……我记得我们车上，还有另外一个人，对不对？那是……”逗点很不确定。

“你是说艾立思？”小晃回答。

“啊！是艾立思。”逗点得到解答，松了口气。“她还好吗？”

小晃肩膀忽然塌了下来，像背后有谁把他那个防止气体外泄的塞子拔掉了一样。他很用力地呼出一口气，看着地上，说：“艾立思在车祸现场就死了。”

小车里的三个人，艾立思当场就死了。逗点断了不少骨头，经历了两次手术，在医院躺到前几天才稍微清醒些。

唯一没受什么伤的是小晃。小晃被送到医院时，观察了两小时就放回家了。回去之后，小晃也没有晕眩或呕吐——小晃的伤是无法以医院的设备扫描或照射得出的碎裂，他的心里面碎裂了。

逗点一听，完全被吓到了，这是她没有料到的答案。她想开口问小晃细节，但她一开口就哭了，接着被呛到，咳嗽，边咳边哭。

小晃上前抱住逗点，拍着她的背。小晃自己的眼泪也滴在逗点衣服上。

两人哭了一会儿，逗点渐渐止住眼泪。她看着小晃，困难地说："如果她还坐在前座，就不会……这样了。"

小晃没办法回答这个问题，过了几秒，才说："你不要这样讲。"

"难道你不是这样想的吗？"逗点本能地补了这句。她应该是不想补这句话的，但她不知道还能说什么。

小晃叹了口气，站起来，没说什么，走出病房去了。

逗点很后悔，但这所有的事打击太大，她没办法控制好自己，她也没办法不这样想。她也想要像小晃那样转身走出去，吸入一点外面的空气，但她一翻身下床就很晕，弯腰扶住床才没软倒。在门外等候的登登跑进来，边跑边大声喊："你在干吗？！不要这样！又不是在演清宫剧！不要这样没志气地倒在床边！"

登登一边念，一边把逗点扶回床上躺好，还好手臂上连的管线没扯落。

"你想要去哪里？穿这样去逛街，你以为你是僵尸啊。"

登登的故意搞笑当然没有用。逗点失魂落魄地说："我害死了小晃的女朋友……怎么会这样……"

登登吓一跳，没有想到逗点会说出这句话。她以为是刚才小晃跑进来这样指责逗点，于是大声咒骂小晃。逗点拦住登登，说明小晃没有指责她。她自责地把他们三人去古老花园的经过，告诉了登登。

登登这才知道，和自己同住的这个小女生，因为喜欢小晃，而想出了向天使雕像祈祷的点子。本来是一件甜蜜的傻事，现在却被残忍的命运，拍碎成锐利刺人的碎片，无法收拾。

逗点讲到自己拿了天使雕像的照片，去张贴在摄影社时，终于忍不住捶床大哭。登登这下也不知如何是好，赶快请护士给了一点镇静剂，让逗点情绪缓和一些。

登登听逗点的描述，觉得还没令逗点完全崩溃的原因，应该是小晃似乎没有指责逗点的意思，要不然，逗点应该会更不原谅自己。

登登担心的是，小晃误以为逗点的愧疚，只是来自她和艾立思换了座位。小晃应该根本不知道：这趟花园之旅，是因为逗点喜欢小晃，才会发生的。

如果小晃知道了原委，会不会忍不住责怪逗点？

登登自己这样模拟推测着，同时在动物饲育员的职业感作祟之下，深深感到人心比动物的心复杂许多，因为人类需要的恋爱，比动物需要的恋爱复杂许多。

登登确定病床上的逗点入睡以后，回到家里，心里仍萦绕着对逗点处境的担忧。她上了常去的网站，问问四面八方的网友：逗点应该坦诚然后赎罪吗？还是该躲开？

不出她所料，大部分有爱情经历的人，都建议“躲开”。大家都说：出了这样的事，只能指望时间来治疗，就算想赎罪，也是无从赎起。

登登对着计算机点点头。她相信这种建议，她非常确定，某些动物之所以能每天都吃得下、睡得着，是因为它们根本不记得昨天发生了什么事，甚至不记得几小时或几分钟之前发生了什么事。登登相信，如果它们记得，它们大概需要每天吞一瓶安眠药才睡得着吧。

登登继续在网上逛，注意到一段回应颇多的文字。文字显然是女生写的，标题是《有个男生说和他睡在同一个屋顶下，可以梦到任何你希望的事，结果……》。

登登觉得这个标题很令人好奇，往下看，结果这女生只写了个开头。她写着：“前天晚上，我在便利商店买了一小瓶酒，站在店门口先喝了，那样我等一下进演唱会会比较嗨。结果遇到这男生一个人坐在店门口，他看见我就微笑（笑容很好看哦！）。他对我说：‘你最近有特别想梦到谁或者想梦到什么事吗？’我想了一下，想起我前前任男友（他是我最怀念的一任男友），我好久没梦到他了，就说：‘有啊。’店门口这个男生听了就眼睛 亮 哎呀，我这几天只睡了四小时，现在快要困死了，我要上床躺好了，待续吧……”

登登嗤了一声，往椅背上一靠：“不会到后来又是一篇令老娘吐血的幸福邂逅文吧？！什么睡在同一个屋顶下做梦？！你要是接着敢睡到同一张床上去，你看我不拿一整盒大头针把整只鼠标扎成刺猬来好好诅咒你！”

在心中默默撂完狠话之后，登登关了计算机。她躺上床，却忍不住想着自己该梦到谁呢。也不知她想到没，反正很快，她就呼呼大睡了。

起床

世界上有无数的事物、无数的人，

在那无数事物、无数人当中，

能令我们起床的，是太阳，

而能令我们期待起床的，是恋人。

【给未知恋人的爱情短信】

第四章 剩下他们互舔伤口

小晃似乎真的没有怨恨逗点，但逗点也始终没有勇气告诉小晃，是她设计了这次行程。在接下来逗点休养的这几星期，小晃每周去探望逗点两三次，他也负担了逗点的医药费。只是每次，他在病房待的时间都很短，气氛也很令两人为难，好像两人都被共同的恐怖回忆铸在一起，既无法动，也无法静。这么僵硬的气氛，令逗点相信，小晃的探视，只是基于他是开车者的内疚吧。他不知道，更内疚的，是她。

后来有一次，小晃到了病房以后，讲不到两句话，忽然大哭起来。逗点手足无措，问了小晃才知道，当天早上，艾立思班上的同学替艾立思办了告别式。

艾立思念法律系，和小晃不同系，所以小晃跟艾立思的同学都不太认识。参加完告别式之后，小晃满腔的伤痛和自责，不知道能和谁说，一路憋到医院来，看见了逗点，才终于忍不住爆发，大哭起来。

逗点这时已经可以下病床走动了，就过去抱住小晃。两个人抱头痛哭了好久。哭完，两个人心中的荒漠，好像终于被一场暴雨淋过，虽然猛烈，但雨水渗入干涸的裂缝，两人之间的气氛总算没那么僵了。

再过几天，小晃和登登一起，把逗点从医院接回了住处。登登还特别在家里养了一只八哥鸟，让逗点可以多个伴。

登登去买菜，打算回来三个人包饺子煎来吃，而登登出门这段时间，小晃就陪逗点到她家附近的河堤去散步。

两人并肩缓缓走着，小晃开口了。

“艾立思是念法律的，她讲过一个故事给我听。”小晃说。

“嗯。”

“在纽约，有一个人从二十楼跳楼自杀，可是他掉到地上以后，却被警察发现他在摔死以前，其实已经被一颗子弹打死。警察继续调查，发现同一栋大楼的十九楼有一对老夫妻吵架，吵架中间老先生太激动，拿出手枪挥舞，误开了一枪，竟然射中了正好由二十楼坠落到十九楼窗外的那个跳楼自杀的人。”

逗点听得有点迷糊：“这是编的吧？”

小晃耸耸肩：“艾立思说是案例，给人练习判断力的。”

“应该就是误杀吧，老先生又不是故意瞄准窗外开枪的。何况他也不可能知道楼上有个人正好要跳楼自杀吧？！”

“嗯。”小晃走着，眼睛没有看着逗点，但好像也没有在看着路。“那么……这人死掉的原因，最后应该算是自杀，还是他杀？”

“呃……看他怎么死的吧？”逗点迟疑地接了一句，但心里很难受，显然小晃一直在纠结是开车的他杀死了自己的女友。

一定要这样算，就等于是她和小晃一起害死了艾立思，他们两人，变成共犯。

小晃又开口：“这故事还没讲完——死掉的，和开枪的，是一家人。”

“嗯？什么？”

“他们是一家人，跳楼的那个是老夫妇的儿子，儿子住二十楼，爸妈住十九楼。儿子沉迷赌博，一直借钱，老妈要偷拿账户里的钱去给儿子翻本，被老爸发现了。老爸气到不行，才找出手枪来，说要上楼去把儿子给宰了！”

“唔……这家人生活可真刺激呀！”

小晃微微笑了一下，逗点也回报以微笑，但逗点自己都知道，她笑得很微弱，大概只能算是那种泡在福尔马林里面的微笑的标本。

而小晃那个微笑，在逗点看起来……逗点比对回忆中小晃那种灿烂有光的笑容，现在这样的微笑，连标本都算不上，只是往日微笑剩下的一抹残影吧。

“那个儿子正在楼上觉得自己是窝囊废，又想到狠狠逼赌债的地下钱庄，沮丧到觉得干脆跳楼算了。但是，他如果知道楼下的爸爸正在挥动手枪，吼着要毙了他，他可能就不会想跳楼自杀了吧。”逗点想象着那个赌徒儿子的心情。

“嗯。如果那个老爸上楼的时候，看到自己的儿子站在窗户边，正要跳楼的样子，那位老爸大概也不会再忍心真的开枪毙了他吧。”小晃说。

“人真的很奇妙，对方不想伤害我们时，我们常常想伤害自己，但如果对方摆明了要伤害我们，我们倒反而会比较珍惜自己。”逗点说。

他们两个人在河堤边坐了下来，望着没有河水，却开着野花的河岸。自从在病房那次抱头痛哭以后，他们两人似乎经历了另一次入社仪式，成为一个别人都无从加入的受难者社团仅有的两名会员。

“你讲的这个故事好奇怪哦。”逗点说。

“嗯，我也不知道我怎么会讲这个故事给你听，大概就是想讲一点艾立思的事吧。”小晃看着河床，把手边的小石粒一粒一粒丢向干掉的河底。

“嗯。”逗点听了很心疼，默默想着：小晃脑子里都是艾立思，现在却失去了艾立思，这就像本来呼吸就很用力的人，忽然被丢进了装满泥沼的池子，只求能够把鼻子伸到泥沼上方去，随便呼吸一点空气都好吧……逗点不知道该如何回答小晃。她自己经历了这场车祸以后，昏沉了很长的时间，现在虽然身心都恢复到可以应付生活的程度，但还是常常感到脚底飘浮，没有真的踩到地的感觉。

“逗点，那你也讲一个奇怪的故事给我听？”

“……哦……我想一下。”逗点应承了，仿佛受到泥沼池中那个人的请求，伸手去泥沼中把他托得高一点，帮他多吸到一点泥沼上方的空气。

逗点抬头望着河堤上一些随便生长的小矮树，眯着眼睛想了一下，说：“有一只小蜘蛛，发现自己爱上了一只蝴蝶……”说到这里，逗点停下来看看小晃。小晃没有什么反应，只是看着远方，似乎对爱啦、死亡啦这些字眼，并没有畏缩或害怕。

于是逗点继续说：“这只小蜘蛛也不明白自己怎么会爱上一只蝴蝶，但它就是觉得蝴蝶很美丽，既能够飞翔，用餐时也永远躲在花朵的花瓣里，一切都比它自己优雅多了，它没有办法不爱上蝴蝶。

“但是蝴蝶飞来飞去，小蜘蛛想要表达它的爱，却不知道要怎样告诉蝴蝶。有一天，小蜘蛛在织网的时候，下雨了，挂在蛛网上的雨滴，排成奇妙的图案。仿佛被雨滴所教导，小蜘蛛改变了织网的步骤。它放慢速度，有时不自然地拐弯，有时把已经织好的纹路又拆掉重织。

“别的蜘蛛看到它这样，都议论纷纷，并且嘲弄它，觉得它变成了一个傻瓜。本来一小时就可以织好的网，这只小蜘蛛花了三天才织好。原来，蜘蛛把它要献给蝴蝶的一句爱的诗句，织在了它的网上。

“经过的蝴蝶都很惊讶，纷纷转告了被爱的那只蝴蝶。这是从来没有发生过的事，被爱的蝴蝶感到了殊荣，亲自飞到这张蛛网前观看。当它亲口读出蛛网上的诗句时，它深受感动，放慢了挥动翅膀的速度，轻轻地降落在这张因为它而存在的蛛网上。

“小蜘蛛欣喜若狂地上前行礼，蝴蝶大方地给了这只用心良苦的小蜘蛛一个温暖的拥抱。

“‘虽然我不可能接受你的爱，但我还是谢谢你这么爱我。’蝴蝶拥抱完小蜘蛛，准备飞回自己居住的花丛。小蜘蛛明白这一切本来就都是自己的单恋和妄想，它能得到蝴蝶的一次拥抱，已经非常满足了。它眼眶含着泪水，向它爱慕的蝴蝶挥别。

“这时，双方都没料到的事发生了。蝴蝶被蛛网粘住，完全挥不动翅膀了。小蜘蛛赶快上前帮忙，但它的手只懂得缠绕蛛丝，不懂得解开蛛丝。蝴蝶被缠绕得更紧，更不可能离开网子了。

“太阳很快下山了，当太阳再升起的时候，已经死掉的蝴蝶，垂挂在那句为它编织的爱的诗句之上。四周的昆虫们沉默地看着这一幕，不能明白爱情怎么会造成这样的结果。”

逗点说完以后，小晃重复了故事的最后一句话：“……不能明白爱情怎么会造成这样的结果。”

“嗯。”逗点思索自己为什么会说了这个故事，心中微微颤抖。

“这故事是你听来的吗？”小晃问。

“不是，是我自己乱编的。”

“你会编故事？”小晃说。

“我坐地铁时，看到外表有意思的人，就会在心里偷偷帮他编一个故事。”

“这么厉害！”小晃称赞逗点。

“不算什么厉害吧，大概是知道自己太没故事了，就帮人家制造一点故事，嘿嘿。”逗点很怕小晃追问下去，她就会忍不住说出她自责的真正原因，但幸好小晃没追问。

“你讲的故事也很悲惨，是跟我那个纽约的故事不一样的悲惨，但都很悲惨。”

“嗯。”

“我们两个都讲了悲惨的故事。”

“嗯，因为我们目前都是悲惨的人吧……不一样的悲惨，但都很悲惨。”逗点说。

小晃重重地呼出了一口气，望着前方，隔了几秒钟以后，小声地说：“我真希望有谁可以把我的心冰冻一阵子，替我拿到很远的地方去存起来……”

说完，小晃流下眼泪。坐在他身旁的逗点，也流下眼泪。两人各自流了一会儿泪，然后忍不住相视苦笑。小晃忽然用力拉起逗点，说：“起来！我们去跑步！”逗点有点没反应过来，就被拉着往前跑。小晃像逃亡似的用力奔跑，逗点为了追上他，也用尽力气奔跑。跑着跑着，两人脸上终于有了一点笑容，那笑容像是被两人用力的步伐，被从回忆的底层，一波一波震动着，终于震到了地表以上的那种、灰头土脸的笑容。但总算是比较像样的笑容了。

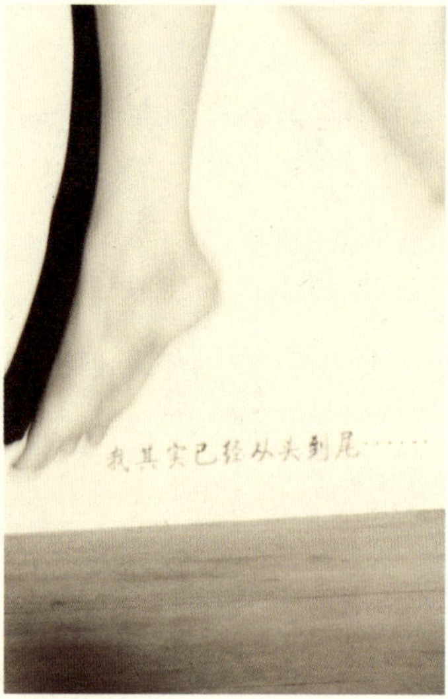

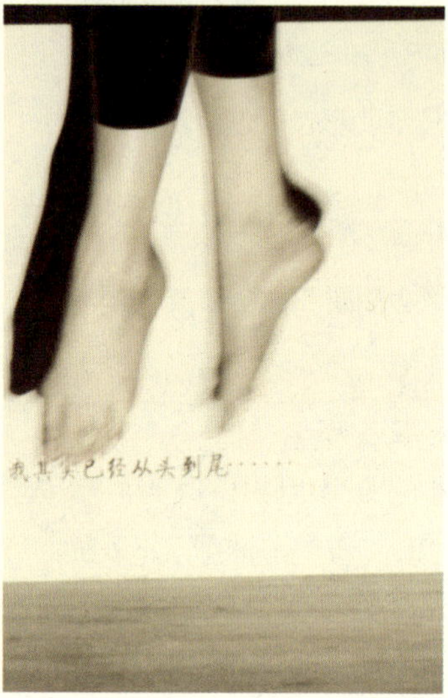

蛛网

蝴蝶这样美丽，蜘蛛看着，爱上了蝴蝶。
蜘蛛忍不住在网上织出一句又一句“我爱你”，
织成了森林中最美的一张网。

蝴蝶很感动，快乐地降落在网上，就被粘住。
怎么挣扎都动不了，力气用完，蝴蝶就死掉了。
死在无数句“我爱你”上面。

蜘蛛看着眼前的这一幕，不能明白发生了什么事情。

【给未知恋人的爱情短信】

第五章

他们打算从自己的回忆逃亡

已经毕业很多年的登登，对于学校并不怀念。她有时对新买的八哥鸟表现不满意，就会威胁要把它送去上学。她告诉八哥：学校唯一的功能，是从各方面一直管、用力管、管住学生对人生的各种想象。

登登告诉八哥，一旦上学，就会想谈恋爱，因为学校是把灵魂装进罐头的、从上下左右压住学生的机构，这样只成全了一件事情，就是学生们对爱情形成了无与伦比的憧憬，因为每个感觉到自己恋爱了的人，都打心底里确定：这份爱不是老师交代的作业，不是背了课本以后才会的，不是为了快要考试才感到紧张的，而是完全自发的，像神秘的种子，自己从土里长出来，拼命想要长成一株小树。

登登训示八哥：爱情本来没这么伟大，是学校赋予了爱情神圣的光环。因为在学校里，爱情成了人性的唯一出口，于是它和自由连在一起，和梦想连在一起，恋爱成为“上学者”的反叛兵器。

八哥毕竟是鸟，听一听就昏睡了，于是登登把这段有点偏激的话，发布在网上，引起了一些学生的讨论。有的学生不免揶揄她，是不是在学校时受过什么打击。

登登没有参与他们的讨论。登登不喜欢回忆她的在校生活。她看着睡着的八哥，叹口气说：“不如下次带你去街上转转，也许靠你吸引眼球，会有陌生男子来搭讪？”八哥勉强瞄她一眼，继续睡，她想起那篇《遇到能帮助做梦的男生》的网文，点进去看。作者已经补上了后续发生的事，登登好奇地往下看——

“……说实话，晚上在便利商店门口遇到来搭讪的陌生男子，问你有没有希望梦到什么人或事，这听起来就是个推销怪异商品的骗局吧，我好歹也上班这么多年了，哪能轻易上这种当！

“只是看看距离演唱会进场还有十几分钟，加上这名男子看起来实在很嫩，总不至于我这样有人生阅历的女性，还能在这么嫩的沟里翻了吧。既然打定主意，不管他推销什么，都不买，那我和他聊个天也不会少一块肉。

“‘你都用这种开场白向女生搭讪吗？’我问他。

“‘啊，也有别人问过我这个问题，我本来不懂“搭讪”这两个字的意思，但别人已经解释给我听过了。’

“‘所以你承认你是在搭讪我？’

“‘我不是搭讪，我是照我老板的意思，要收集三百六十五个梦回去交给他。’

“这家伙讲话可像外星人了，但配上他的样子和语气，倒也挺逗人开心的。幸好我是在游戏公司上班，他这种幻想搭讪术，也不能说是太无趣，当然主要是他样子够好，而且他完全没有要推销东西的意思。

“我就跟他说，反正呢，如果我进去听完演唱会出来，他还在原地等我，我就答应他，让他收集我的梦。我想，疯子或者那种偷偷录像的电视整人节目，是不可能空等两三个小时的！可是我真没有想到，等我从演唱会出来，他竟然还真的在等我。虽然说这小子讲的什么他老板要他收集别人做的梦，鬼扯到不行，可是反正我当时已经又嗨又累，就照他的建议做了。结果你们猜怎么？我当晚竟然真的梦到我非常想念的那个前前任男友啦！这鬼扯的小子还真有两下！”

文章就到此结束，没有更多细节了，反倒莫名其妙地贴了一张脸部被切掉大半的男生照片，只看得出来他穿白T恤衫，背了背包，头发乱乱的，照片下方的说明是：“第二天早上，这个男生吃了牛奶泡香蕉片和苹果片，然后就笑嘻嘻地离开我家啦！”

登登看到这里，小声骂了句脏话：“果然是篇幸福邂逅艳遇文！还用‘助梦男孩’这么浪漫的标题来掩人耳目，要炫耀就大声炫耀呀，客气什么！”

登登对睡着的八哥“嗤”了一声，说：“这些女人也真有趣，到这个年纪了依然想把摆明了的一夜情，美化成童话般的奇遇。真是的！”

登登关计算机，关灯，上床，躺了五秒，又开灯，起身，去厨房找泡面，一个人坐在黑暗中，呼噜呼噜地吃泡面。

登登吃了几口泡面，厨房灯亮了，是逗点开的。她坐到登登对面，登登把泡面的大碗推到逗点面前。逗点摇摇头，登登收回大碗，忽然拿了果酱罐打开，然后把大量草莓果酱加进泡面里。逗点看了，皱皱眉。

“不要皱眉头，很好吃的，一个网友推荐的。还有一个人推荐冰淇淋上面抹辣豆腐乳哦。”

逗点显然还有比吃创意消夜更在意的事。她问登登：“我最近常常想，我应该好好陪小晃，但我这样会不会很自私？好像是得到了本来根本不属于我的东西？”

“逗点，我呀，每天看的是动物。动物呢，有的吃就吃，想交配就交配，不是因为它们不知道明天会怎样，而是因为它们根本没有想过这世上还有明天这种东西。”

逗点低下了头。登登把面前的果酱泡面舀了一匙，递到逗点面前，示意逗点尝一口，“是你想象不到的味道哦！”逗点乖乖吃了，而登登接着说，“你想好好陪伴小晃，你就这样做，这是小晃需要的，也是你愿意为他做的，又不是做坏事，没有对不起任何人。”

过了几天，小晃来找逗点一起去看看艾立思的墓。

艾立思的墓旁边有开满小朵白花的树，小晃拿出事先准备的湿毛巾，细心地擦拭着墓座的各个角落。

“艾立思死掉以后，我一直都没有梦见她，很奇怪吧？”小晃说。

逗点随口接话：“那你喜欢做梦吗？”

“以前不喜欢。如果是很可怕的梦，醒来就觉得自己被耍了，好吃亏。如果是很棒的梦，醒来以后又觉得好空虚，想再钻回那个梦里去，却回不去了。”小晃说。

逗点看着小晃细心擦拭墓座的背影。心中感到对小晃往日那种爱慕的温度渐渐回来了，只是场景竟然是在艾立思的墓前，她感觉很残忍。

“你之前都自己一个人来？”逗点问。

“第一次是自己一个人来，哭得很惨……哭太惨了，后来就找同学陪我来。上一次他们还陪我坐在这边打扑克，说是陪艾立思多坐一坐。”

“啊，这样很不错。如果我死了，你也要找社团的人来陪我打扑克哦！”逗点脱口而出，说完觉得很不妥，虽然她一点都没有想跟艾立思比较的意思，但很糟糕的是，听起来就是在比较。

“对不起，我随口讲的，小晃你不要介意。”逗点马上清楚地道了歉，道歉之后，逗点发现自己有点改变——虽然还是会不经大脑说出话来，但自己竟然能马上道歉，这很不像从前的自己。车祸以后，有些她以前很放不开的事，好像变得不那么在乎了。

“我不会在意的，我们两个是经历同一场灾难的人啊。”小晃这样说着，听起来也像大人讲的话。

逗点听了很感动，忽然脱口而出说：“小晃，如果有任何我可以替你做的，你一定要告诉我，我都会愿意的！”这话颇突兀，但小晃听了，完全没有大惊小怪，只是感激地看着逗点，笑了笑。

逗点也由一时的激动恢复了镇定，回望着小晃。逗点隐约觉得自己在期待着些什么。

“嗯……逗点，你出院以后，功课都补回来了吗？”

“没有，落后一大截，我这学期放弃了。”

“这学期还剩一个多月……逗点，我们跟学校请假，离开一阵子，到外地去走走，好不好？”小晃问。

“嗯？真的吗？”

“嗯，学校里到处都是艾立思的影子。我想试试看住在别的地方，几个月，就算几星期也好。”

逗点一时不知道怎么回答，这个邀请是她完全没料到的。

小晃看到逗点迟疑的样子，赶快说：“对不起，我太过分了，我们根本不能算熟，我竟然邀你……”

“不会啊，我们很熟啊！”逗点抢着回答：“我刚刚才说的，我当然愿意！”

小晃开心地笑了，对逗点说：“谢谢你，那我就开始计划这件事喽！”

逗点笑着回应，心里晕乎乎的，觉得很不真实。难道，她真的要和小晃，两个人去流浪了？！

在距离小晃和逗点所念学校的远方，大概搭火车要六小时的车程之外，有一座城，城外连接着一座非常小的岛。

这小小的岛上，几乎没有汽车在行驶。虽然这样，但路口还是设了红绿灯，这些红绿灯，大概是给偶尔出现在岛上的那些载客三轮车看的。当然，偶尔还是会有一些运送东西的汽车开上岛来，但送完东西也就默默离开。

这些红绿灯都会发出轻微的“嗒嗒”声，像水龙头快要被关紧之前，节奏渐渐短促的滴水声，这是设计来给人听的红绿灯。此起彼落的“嗒嗒”声，令小岛的路上洋溢着仿佛有虫鸣此起彼落的错觉。

这小岛倒也有真的虫鸣。因为几乎没有车，虫鸣和鸟叫都比较容易听见，偶尔也有狗叫声，却非常少猫叫。小岛很小，大概就几个足球场那么大，所以其实不太用得上车。小岛四周是平静的内海，对外交通有座桥，通往繁忙的大城。这小岛因为小到微不足道，地理位置不方便，也没特别的物产或景色，所以一点也不有名。

这小岛只在一种人之间有点名气：眼睛看不见的盲人。

这小岛是被一名眼盲多年的商人承租下来的，他在岛上设立了一处专供盲人付费居住的庄园。费用虽然合理，但对一般没有余裕的家庭来说，仍是很大的负担，所以能搬来岛上居住的，多半是上了年纪，被有能力负担却无暇照顾陪伴的子女送过来试住的盲人。住一住后，发现庄园一切专为看不见的人而设置，确实比繁忙的城市住起来安全，也惬意得多，盲人们就长住下来了。

另外，也有几位因伤或因病而成为盲人的少年、少女，甚至是小孩，自愿脱离原本的学校而住过来。反正岛上这些盲人长者之中，颇有几位能教课的，他们就以一种近似私塾小班的方式，松散地教一些必要的知识。

这个小岛，沿着内海的海畔。潮水退去时，会出现像是小珍珠项链一般的连串小泡沫，所以当地人习惯叫这小岛“项链岛”。当然，现在作为岛上主要居民的盲人们，看不见这个小风景，只能用听的，勉强听得见细微的泡沫消失的“啵啵”声。这是看不见的人领略世界的方式。

在岛上设立盲人庄园的商人，本来做的是贩卖木材的生意，赚了大钱，后来因为一场大病伤了眼睛，渐渐看不见了。他不能，也不想再应酬大城市的生活，就拿赚来的钱，到项链岛上设了这样一处庄园。这听起来像是一个存放回忆灰烬之处，怎会适合在青春中流浪的人来住？

经 历

学生对恋爱有无比的憧憬，
因为感觉到自己恋爱了的人，
都无比确定：
这份爱不是因为要交作业的压力，
也不是因为可能的考题，更没办法作弊。
而是一次完全自发的、除了自己，
其他任何人都不可能代替完成的经历。

//////////

第六章

有时想变成孤独的小岛

逗点和登登合租的住处，有点便宜，可以想见，房间之间的隔音也就不太好。靠近午夜时，已经熄灯睡觉的逗点的房里传出两声惊叫。还没睡的登登，赶快冲过去看逗点怎么了。原来，倒霉的逗点先是做了噩梦，小声惊叫被吓醒，一醒来发现床边有蟑螂，惊叫声音量急速变大。登登进房来，一掌拍死蟑螂，哼了一声："鳄鱼我都敢喂，会怕你一只蟑螂！"她清洗一下，弄了毛巾，给逗点擦脸。

"你这手刚打死蟑螂，又拿毛巾给我擦脸？！"逗点很惊恐。

"我还用这手擦屁股吃饭呢！小鬼头，你在餐厅打工，怎么连蟑螂都怕？！"

逗点解释说是做了噩梦被吓醒，又接着看到了蟑螂，才会大叫。

"嗯，这么多天了，还是会做噩梦吧……"登登叹口气，忽然想到了什么，就问逗点，"网络上说有个男生，可以帮助陌生人做好梦耶，要不要找来试试？不过看起来不像真的就是了！"

逗点苦笑："我必须过点真实的日子，不能再做梦啦。登登，我想离开这里一段时间……"

"当然好呀，可是，你要一个人吗？"

"呃……有可能是……跟小晃一起。"逗点说。

登登很意外的样子，迟疑了一下，问："就你们两个？"逗点点头。登登皱眉想了想，冒出一句："你们这是传说中的私奔吗？"

逗点扑哧一声笑出来："私奔个屁，又不是西厢记！这叫作……这叫作流浪啦。”

登登忽然变严肃：“流浪啊……好热血啊。可以帮我带一些各地的土产回来吗？”

逗点哈哈大笑，然后转正经脸色，说：“我不知道如果真的去了，什么时候会回来耶……登登，你觉得我真的可以这么莽撞，就这样跟小晃跑走吗？”

“你不是超级喜欢小晃吗？”

“是。”

登登咬住下嘴唇，想了几秒，然后说：“我不知道你该不该去，我只知道，如果我像你这么喜欢一个人，然后我却放弃了这次跟他去流浪的机会，那么，我剩下的人生的每一天、每个早晨、每小时、每分钟，只要想到这件事，我都会骂我自己是个懦夫！一个糟蹋了青春的懦夫！”

逗点听完，眼眶红了。她抱住登登，抱了几秒，小声地说：“谢谢你，登登。”

登登欣慰地拍拍她，说：“别谢我，你如果真的跟他走，结果被他家暴，打成猪头，你到时候肯定用脏话狂飙我老母兼十八代祖宗的！好啦，乖，先睡吧。”

登登重新帮逗点盖好被子，关了灯。

只是关灯之后，登登又补问了一句：“逗点啊，你不会是因为想赎罪，才答应小晃的吧？”

黑暗中，逗点没有回答。

登登理解这问题很难回答，叹口气，开门出去了。

登登回到自己房里，关灯躺下。躺了一会儿，她眼睛却仍睁得大大的，全无睡意。登登只好放弃睡觉，爬起来打开计算机。计算机一亮，倒霉的八哥鸟也被惊醒，呆呆看着登登。登登对八哥鸟说："我倒没想去流浪，我就想多赚一点钱。"

八哥鸟重复了最后一个字："钱、钱、钱。"

"对啦，钱、钱、钱。"登登笑出来。上网看看，她意外地发现似乎有更多人提到帮人做梦的男生了——

有一名自称是模特的女生发文说，这个男生真的很灵。女模说，自己"为了身材，长期挨饿，高中开始已经有十年没有感受过吃一顿饱饭的滋味"，于是拜托这男生帮助她梦一整晚爱怎么吃就怎么吃、吃尽天下美食的梦。结果真的梦到了，依照这位女模的说法："醒来还感觉到炸猪排在口腔里散发的香味，甚至觉得嘴唇上还留下一抹油香。"

当然，这篇文后面也难免跟上几则轻薄的嘲弄，说她肯定梦的不是这内容，或者说她和那男生是如何勾搭上的，这一类的评论。但另外也冒出一定比例的人，在留言中询问要如何找到这个男生，说他们也有很想梦到的人或事。

留言中，还有一名念中学的男生补充了更多信息。他说他也遇到这人了，这个人"样子一点也不像骗子，讲话的声音很好听"。中学生又说："这个人只会向想做梦的人要求三件小事，其中一件很好理解，这个人要求跟你睡在同一个屋顶底下。很显然，这人是一个没地方过夜的流浪汉。"中学男生接着说："另外这个要求，就涉及金钱了，但只是很小额的金钱，而且不是现金。这个人只会请你买给他'可以装满他臂弯'的一袋水果，给他带走。很显然，这个流浪汉也需要张罗些吃的。"

很显然，这位中学男生很喜欢写“很显然”这几个字，大概是个推理迷吧，网络上的人这样调侃他。原本发文的女模特也回应了中学男生的话，证实这个做梦男生是会提出这些要求的，但模特不同意中学生说对方是流浪汉，因为“这个人的外表很好，就算我介绍他去当模特，都完全没问题的。我想他只是正在进行一个别人不太好懂的计划，或者是那种很怪异的什么行为艺术之类的东西吧。”

一些网上的人催促中学生快说做了什么梦。中学生就回答：“我从小没看过我的爸爸，我不知道有爸爸的感觉，所以我就跟那个人说，我想梦见家里有爸爸是什么样子的……”网上的人纷纷问中学生是否真的梦到了，中学生回答：“有，梦到了，真的有一个爸爸……有爸爸的感觉真不错。”

中学生写到这里，有点像一颗感伤的小泡沫“啵”一声地轻轻炸开，网上的七嘴八舌就暂时停了下来，有几个人安慰中学生说梦到就好了。其他人大概也不知道说什么，就散去了。大家都忘了追问：“除了同一屋顶以及水果之外，那个人会提出的第三项要求是什么？”

八哥鸟跳到了登登的肩上，登登望着计算机屏幕，喃喃自语：“……如果是我，就让我梦到每一只动物拉出来的，都是货真价实的金条和金块吧。”

大家各自上网的时候，那个人，那个被转述为能够帮人做梦的长腿男生，正悠哉地、面带微笑地把耳朵贴上去，抱着一棵路边的树，倾听着。

他就是逗点和登登在动物园偶遇的那个长腿男生。

逗点约小晃在校园里碰面。

“如果我们离开学校，就不一定什么时候再回来了，对不对？”

小晃想了一下，说：“我计划中，应该是会回来，可是，我不知道……我也不敢说接下来一定会怎么样……”

“嗯，我也是这样想。有可能我们会在别的地方找到更适合我们的生活吧……所以，我今天要找你做一件事。”逗点说。

小晃问什么事，逗点说：“给我一个钟头，让我帮你拍照。”

“就这样？”

“就这样。”逗点说。

“离开这里以后再拍，不好吗？”

“我要在离开以前完成这件事，你已经答应了，对不对？”

小晃叹口气：“好吧，拍吧。”

逗点开始拉着小晃在校园里东拍一张，西拍一张，小晃苦笑着被她摆布着。

在拍照的过程中，小晃告诉逗点：“我在找一个小小的没有汽车的地方，因为我这阵子都不想再开车了。”

逗点拍得很高兴，随口回答：“好呀，如果你找得到，我们就去！”

逗点在相机的取景窗里，看着小晃望着远方，悠然神往的样子，逗点忍不住也把眼睛从相机上移开，望向小晃所看的方向。

项链岛上的庄园，住了一百名左右的盲人。庄园大部分设施当然以眼睛看不见为立场而设置。小小的图书室里，放的都是请工读生朗读后录制成的，用听就可以的声音书，反正只限岛上住户们使用，不涉及贩卖，也就很随兴地完成了录制工作，没有去处理版权什么的。不过，毕竟大部分书是由眼睛看得见的作家所写，所以内容难免充满了“那个人看起来如何”“那条街看起来如何”“天空很蓝”“水很清澈”这些令盲人感伤自身已看不见的句子。这当然有点残酷，可惜是不可能改变的，因为世人就是有分掌握主要节奏的人，和随着这节奏而舞动的人。

至于唱歌娱乐室的歌词本，倒是配备了方便手指触摸的凸起歌词，原因很简单，唱歌时没办法同时听别人朗读歌词，用触摸才能享受唱歌的乐趣。

庄园里除了小电梯之外，也有楼梯。楼梯以栏杆隔成只容一人通行的宽度，让看不见的人可以放心地扶着栏杆上下，不必担心在楼梯上和别人对撞。楼梯每一阶的边缘都有非常明显的凸起颗粒。

路面当然也铺设了大量有指引作用的地砖，指示左转或右转的大箭头凸起在转角的地砖上，令造访小岛的非盲人们有一种岛上处处隐藏着神秘宝藏的错觉。

庄园周边的一些小店家，也显露出和一般城市的小店很不同的面貌。首先，每家店的招牌都平平镶嵌在大概是成人腰部的高度，让盲人小孩也能一摸就知道是什么店，也不会发生悬挂的店铺招牌害盲人撞到头的危险。当然，毕竟是规模很小的庄园，店铺种类也很少。面包店完全不设招牌，用闻的就知道是在卖面包。各式面包上也省去了一般常见的装饰，反而习惯放一块面包的内馅小样本在面包的表面，以供盲人嗅闻或触碰，知道是什么面包。红豆馅面包就放几粒红豆，肉松馅面包就撒一些肉松，菠萝面包则本来就有强烈宣示意味的格子状凤梨外壳，隔着纸袋也摸得出。

小花店进的花，都以浓郁香味为主。一般花店不可能陈列的各式香草，在此也都依据不同香味分区摆了出来。用眼睛看的话，一片都是绿的，缺少了一般花店的五彩缤纷，但对依赖嗅觉的人来说，这样的花店自有非肉眼所能鉴赏的缤纷感觉。

庄园养了非常多大型犬。大部分是以导盲犬为目标而训练的狗，以拉布拉多犬和黄金猎犬为主力。少数是居民各自喜爱的陪伴犬，则各种犬型都有。

上了年纪而无法再工作的导盲犬也不少。当然，退役的导盲犬勉强仍可充作陪伴之用，但大型犬的总和已经接近居住者的数量。照顾这些大狗，对盲人庄园的工作人员以及庄园的财务来说，成为某种程度的负担。

设立盲人庄园的这位商人，管理经验丰富，为了维持庄园有活力地经营下去，并不想把庄园搞得神秘又难以亲近，所以如果有国内外媒体想来报道，他一律欢迎。靠着这些报道，除了有些适合的商品会特别找上门来兜售之外，也有其他城市的爱狗人士愿意领养这些退役的导盲犬，助它们有个幸福的晚年。只是盲人庄园终究不是什么受瞩目的娱乐新闻题材，因此报道不多，能得到岛外的人领养的狗也就很少。

以盲人庄园的经营来说，如果这些大狗的归宿能得到解决，在财务上、形象上都是很好的事。

这位项链岛盲人庄园的创办者，是小晃的叔叔。

在叔叔眼球没有渐渐萎缩之前，家族里的人都同意，小晃五官和叔叔很像。

他们长得都很好看。相像的叔叔和侄子，本来因为叔叔眼睛坏掉、侄子眼睛仍完好，因而被划分到了两个不同的部落。然而现在，因为两人都同样经历了足以威胁生命的意外，而暂时又被划分到了人生受过重伤的同一族。

脆弱的小晃，打算带着逗点避居一阵的地方，就是他叔叔创立的这个庄园——几乎无车，几乎无目光，几乎无回忆。

安全

她在第一次恋爱时，
选择了安全，放弃了冒险。

结果，
她在剩下的人生的每一天、每个清晨、每个下午，

都想到自己是懦夫，
一个糟蹋了青春的懦夫。

//////////

【给未知恋人的爱情短信】

第七章

梦是他们暂时的居所

小晃不再开车以后，出门都搭地铁。每个城市地铁晃动的节奏，似乎都很催眠，小晃也渐渐打起瞌睡。睡梦中，他似乎回到了他所开的那辆欧洲小车里，旁边坐着言笑晏晏的艾立思，艾立思的头发被风吹得飘动着……

车子到站的广播声响起，小晃迷茫地睁开眼，看看还没到站，就又瞌睡过去，脸上露出庆幸又可以入睡的一抹微笑。他当然无从知道，在他隔壁那节车厢里，就坐着那个网上渐渐有一点点人在传说的，帮人做梦的男生。

这位做梦男生所在的车厢，景象很有趣：除了男生自己是醒着的之外，同节车厢里的其他七八位乘客，各自睡得东倒西歪，但和平日也常在车上打瞌睡的他们看起来有一点点不一样。他们睡梦中的脸上，不知为什么，都有一抹淡淡的微笑。大家一致地随着车厢微微起伏，仿佛正一起为同一首没人听见的歌曲打着拍子。

而这位独自睁着眼的长腿男生，膝上放着半个切开的甜瓜，想来他是不知道车厢里不可以吃东西的规定。他从背包里拿出一只形状奇特的木匙，这支木匙柄的末端，像树枝，又像鹿角那样分着叉。

长腿男生用木匙挖了一匙果肉，正要放进嘴里，却瞄见车厢某处，有“请勿饮食”的提示。他嘴巴还没合上，就又乖乖地把木匙连同果肉从嘴里退出。他把那勺果肉填回瓜里，把瓜放回袋里，把匙收回包里，恢复坐正的姿势。但他腿有点长，渐渐地，长腿又滑向椅前通道，好像一棵树偷偷蔓延它的根。

他也用手工做的木匙，他似乎喜欢木器远超过铁器，在动物园遇见逗点时，他也送了她一支木匙，后来被撞断了一截。

地铁又到站了，车门打开，上来一些乘客，但大家都不约而同地避开了夹杂在其中的一名乘客。这是一位穿着深色套装的欧巴桑，头发油腻散乱，领口扯开，身材肥壮。用看的或用闻的都知道她刚喝了非常多的酒。避开她的人大都没有掩饰脸上嫌恶的表情。

欧巴桑嘟囔了一句："我又没有吐，你们都躲那么远干什么？！"说完她干呕了一下，坐到了长腿男生的旁边。长腿男生没有躲开，不少乘客用眼角余光对男生致以同情。

欧巴桑迷糊地望了一眼长腿男，看见男生捧着的瓜，喃喃低语："……甜瓜……"

"是啊，甜瓜。"男生回答，"你刚才喝的东西……"男生向她前方闻一闻，"你刚才喝的东西，是葡萄做的吧？"他说完还又用力闻了闻，这举动令几个沉不住气的乘客微微露出骇异的表情。男生却没有任何不适的样子，辨别着空气中的酒味，"你刚刚喝的酒，全部是很新的葡萄做成的，是收成不到两年的葡萄吧？"

"真的吗？不会吧，他们说每瓶都是十五年前酿成的葡萄酒……"欧巴桑嘟囔着。

"他们骗你的，但没关系呀，反正都是葡萄，反正都让你喝醉啦。"男生开朗地说。

欧巴桑渐渐坐不住，把头枕在男生的大腿上，男生仍然没有闪躲。欧巴桑半闭着眼问："你是……卖葡萄酒的哦……"

"不是，我这几个月的工作，是帮别人做梦。"

欧巴桑皱起眉头："你是算命的哦，还是……你是做直销的，对吧？”

“直销？我不知道什么叫作直销。”

“我才不知道什么叫作帮人家做梦咧？你骗我没念大学吗？！我自己没办法做梦，要你帮我？切！”

“到目前为止，我遇到的人，都没办法做他们想做的梦，靠我帮忙才能梦到。”

车厢里那几个沉不住气的乘客，忍不住朝这边多看了两眼，一方面画面古怪—— 一个穿套装的欧巴桑醉倒在男生的腿上，另一方面男生说话内容更古怪——完全就是疯子和醉鬼的遭遇剧。

“所以……年轻人，你是专门把客人运到梦里去的……算是一种……出租车司机？对吧？”

“可以这样说吧。”男生笑了起来。然则一旁偷听的女学生已经偷偷互相吐舌头了。

欧巴桑挣扎着坐起身，努力睁大眼睛看着男生。“一路把我送进我要做的梦，这种出租车的车资是要怎么算？帅哥？”

这下就算车厢里比较沉得住气的乘客，都忍不住偷偷竖起耳朵，来听这荒谬的“车资”到底是要怎么收费。

长腿男生察觉到大家都很感兴趣，忽然提高音量，兴高采烈地说：“大家听好了，每个人都有机会，想拜托我帮忙做梦的人，我只有三个要求。”他看看大家，大家都纷纷把眼睛转开，不想和疯子对到目光，只有欧巴桑专注但眼皮沉重地看着他。男生指一指车厢的顶：“第一件事，我们要睡在同一个屋顶底下。”

“是哦……要跟你这位帅哥睡一起，我是没问题的。可是，我到底为什么会想要做个好梦啊？”欧巴桑露出酒醉人特有的微笑，问他。

“这个嘛……”男生回答，“每个人都会有想要得到，却怎么也得不到的东西吧，也许在梦里可以得到。”

“嗤，做梦得到的东西，再好也是假的啊。”

“很多人会这样想，可是……呃……总好过在这边也得不到，在梦里也得不到，对不对？反正感觉是真的，就可以算真的了吧。”男生耸耸肩，“起码我的老板是这样跟我说的。”

本来有两三名乘客听得微微点头，表示同意，但一听到背后竟然还有什么老板，肯定是直销组织，又忍不住翻起白眼。

“你还有老板？所以你赚的钱也要分给你老板吧？”欧巴桑问。

“赚钱？赚什么钱？”

“你怎么收费啊？帮人家做梦，也算是打工吧，你还没讲要收多少钱？”欧巴桑醉归醉，但清醒时应该也是精明的人。

男生举起手上的甜瓜，说：“我不收钱，只要给我用手臂抱得满的随便什么水果，就可以了。”

“咦？你靠水果，就吃得饱吗？”欧巴桑问了。

“我需要每天吃到有根、有花、有种子、有叶子才会长出来的东西，所以葡萄啦、苹果啦、梨子啦、西瓜啦，都非常好……”

车子这时到站了，这是最后一站，大家都下车了。也许有些乘客还想看看事情如何发展，但毕竟到站下车，才是真实的生活，起码比做梦真实。而且就算听下去，也不可能真的把这男生带回去睡在“同一个屋顶”底下，所以大部分人也就顾不得这男生接下来还会说出什么奇怪的话了。

欧巴桑一骨碌站起来，拉着长腿男生的手说：“走吧，你跟我走，我要去做一个梦。”

看见这情景的几名乘客，露出一抹暧昧的暗笑。但醉的人可不至于在乎这么微弱的舆论，兴冲冲地拉着男生下了车。

出了车站以后，欧巴桑的脚步有点蹒跚，男生就搀扶着她走。

“你保证会让我梦到我想的事哦？”

“应该……没问题的，可是，你还要做一件事，我才能帮你。”

“哼哼……终究还是要付钱，对吧？”欧巴桑的醉眼之中，闪过一线剽悍的光芒。“我以前管的工厂每个月生产十万个电饭锅呢，我做过厂长的啦！我付得起钱啦！”

“不是要付钱，怎么每个人都这么喜欢提到钱的事？”男生有点困惑，“跟钱没有关系，是跟树有关系的事。”

“树？长叶子的树？”欧巴桑问。

“对呀，树，你要选一棵树，然后抱一抱它。”

“抱树是要干吗？”

“你选一棵树，抱住它，闭上眼睛，然后你心里要对这棵树说：‘平常很受你的照顾，今天晚上就麻烦你了。’这样就可以了。”

“这……这不是很傻吗？”欧巴桑问。

“也并不会比喝醉酒以后躺在我大腿上更傻吧？”

“哪里会有树？”

“其实到处都有树，只是你们一般都不在乎它们，就不会注意到它们在哪里。”男生说，“你看，那边就有好几棵树呀。”

“好，那我就选这棵吧。”欧巴桑选定一棵最靠近的树，扑上去抱住了树，大声地说，“平常你很照顾我，可是我都没有给你照顾回去！给你道歉啦，今天晚上就麻烦你了。”

“好啦，这样就可以啦。”男生伸长手臂，从这棵树上摘下一片树叶，放进口袋里。

“你摘这树叶又是要干什么？”

“等一下你做梦时，这片树叶放在你的枕头底下，会把你做的梦记录下来。”男生说，“我答应我的老板，要帮他收集三百六十五个梦。”

“呼——”欧巴桑呼出一口气，“我知道我喝醉了，可你这年轻人还真是够神经啊。”

他们说着说着，走到了一个小矮房子的门前。欧巴桑掏出钥匙开了门，他们走进屋去，去待在“同一个屋顶”的底下。

如果这时有鸟从上空飞过，而这鸟又往下瞥一眼的话，它会看见这小矮房子破旧的屋顶，也会同时看见成千上万的、各式各样的屋顶。

每个屋顶下的人，各自做着什么样凌乱的梦，别人都无法知道，而街边那些没有屋顶庇护的、孤单的人，他们的梦更加脆弱，不成形状，轻易就飘散在空气中。

奇妙

人真的很奇妙，

对方不想伤害我们时，

我们常常想伤害自己，

但如果对方摆明了要伤害我们，

我们反而会比较珍惜自己。

【给未知恋人的爱情短信】

第八章

青春就是一次又一次的出发

再过一晚，逗点就真的要跟着小晃去项链岛了。

逗点告诉登登，小晃找到了一个没有汽车、没有熟人、没有回忆、甚至没有什么人会对他们注视的地方。

“听起来会很无聊吧，你要不要把八哥鸟带去陪你？”登登问。

“又不是哈利·波特去上学，带只鸟做什么！”逗点笑着，整理着最后一些衣物。登登帮着把行李箱的盖子盖上。

“谢谢你，登登，老天爷一定是知道我一个人熬不过这么多事，才特地把你送到我身边来帮助我！”

“逗点，你真的不害怕吗？你其实……根本没有真的跟小晃相处过……你连他在满月的时候会不会变成狼人都不知道啊！”登登说着，眼睛有点红了。“万一他比你还怕蟑螂怎么办啊？”

“谢谢你，登登，谢谢你这么替我想。”逗点说着，声音也哽咽了。“我既不聪明，也不特别，如果那天在车上的两个女生，一定要死掉一个比较乏味的人，死掉的应该是我，而不是艾立思……”

“不要乱讲！你怎么会这样想……”登登一边阻止逗点，一边也流下了眼泪。

“可是，活下来的人竟然是我。我觉得，既然活下来，就都是赚到的，我不要再像以前那样小心翼翼地过日子了。”

“好了，我知道了啦，你就好好地跟小晃出去走走，不要哭！我没有要你哭，你哭屁呀……”

“你是不是又饿了？！”逗点脸上带着泪问。

“对啦对啦，你害我饿死了，又要弄行李又要哭，很累耶！”登登抹着眼泪往厨房走，“我要把蛋糕拿出来吃！哎，等你走了，没有人在旁边看着我，我一定会失去羞耻心，然后就吃太多……”

登登喋喋不休，伸手开冰箱，却被逗点阻止。逗点说：“你等我出去一下就回来，再陪你一起吃晚饭啦，现在天还没黑，我约了小晃要弄好一件事，马上回来。”

逗点说完，把相机挂上脖子，骑上脚踏车，往校园轻快地骑去。

而另一边，小晃手揣在裤子口袋里，有点留恋地看着校园围墙上方的树梢，一路在夕阳的照映下，晃到了他和逗点约好的地点。

小晃抵达时，逗点已经到了。小晃看起来对这个地点没有任何特殊印象。

“我们明天就要一起出发了，为什么今天还要特别在这个时间，约在这里见面啊？”小晃问。

逗点跨骑在脚踏车上，咧嘴一笑，往上方指一指。

小晃抬头一看，一棵大树上面，挂满了自己的照片，有的黑白，有的彩色，有的大张，有的小张，有的看着镜头，有的看着远方。

全部是好几天前，逗点在一小时内帮小晃拍的照片。

“你把这些照片都印出来了……还做了好多种设计！”小晃嘴张得大大的。他从来没有想过自己的照片会这样给满满挂在大树上。每张照片都映着夕阳的余光，在树梢随风轻轻地转动。

“怎么办？我好害羞哦！”小晃对逗点说。小晃显然并不自恋，看得出，他又尴尬，却又很感动。

“这是我们第一次碰见的地方，我是在这里加入摄影社的。”逗点说。

“嗯，我当然记得。我只是没想到你会来这一招！都是你自己挂上去的吗？”

“哈哈，我叫同学帮我的啦。”逗点说，“反正就被他们取笑一下，也不会怎么样，明天就要走人啦！”

小晃想到逗点为了完成这件事，愿意被同学取笑，感动得上前抱住逗点。逗点这一刻似乎有点懂了，在爱里面每多勇敢一点，也许就能够多得到一点回报。

逗点很高兴地把脸埋在小晃的胸口。两人在大树底下拥抱了一下，然后逗点说：“趁着还有光，我们在树底下拍一张合照吧！”

小晃的手臂比较长，所以由小晃拿着相机，给两人自拍了一张如同双人节庆的合照。

在这棵树上，挂满小晃不同角度的照片，加上黄昏的光线，两人合拍照片——逗点完成了她在见到小晃那天许下的愿望。

拍完，光渐渐没了。

“好啦，我要回去和登登吃晚饭了。我们明天见！”逗点挂好相机，跨上脚踏车，扬长而去。

“喂，那树上这些照片呢？”小晃急忙问。

逗点脚下不停，扭转头说：“都是你的照片，你自己好好收起来吧！”说完，加速骑走了。

剩下小晃，呆站在树底下，而树上都是他笑或不笑的脸。

逗点扬着脸，一边踩着车，一边微笑着喃喃自语：“那我就再勇敢一点，再许个愿吧——我相信有一天，小晃你也会为我布置这样一棵树的……”

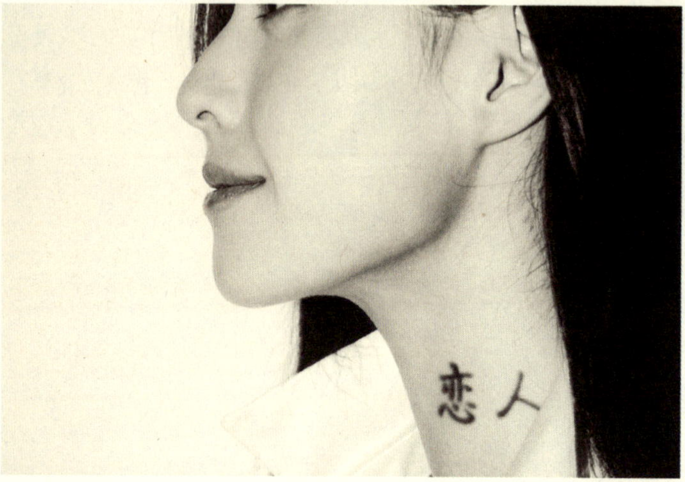

心 虚

暗恋很美丽，
暗恋也很心虚。

因为暗恋啊，
像是完全没有打算绽放的花，
没有人会通知她，
哪一天会是她的花季。

【给未知恋人的爱情短信】

第九章

各自的一人世界

逗点搬走快一个月了，登登把空出来的房间也自己租了下来。一方面，她觉得这样逗点会觉得还是有人在等她回到这里，另一方面，逗点不在的这几个月，她想一个人住。登登有点怀念以前完全一个人的日子。她一直相信“一个人”跟“寂寞”是两件不同的事。一个人未必寂寞，寂寞未必是一个人。有时候生活里进进出出的人太多了，她反而觉得一个人的时光很珍贵。

逗点对她来说，是难得的合得来的人。最早逗点只是同租一房的室友，渐渐地，她感觉逗点有点像一个她从来没有过的妹妹，但是这场车祸，似乎把逗点原本没有显示过的、一些躲藏在里面的坚固物质，摇晃到外面来了。

登登一个人整理着橱柜，她找到一大包那种外国电影里会出现的，中国城餐厅爱用的所谓“幸运饼干”。她随手捡出一枚长得像元宝的饼干，捏碎了看饼里藏着的签条，签上写着：

“爱情是否被高估，那大概要看这个人是站在人生的高处还是低谷吧？如果正好站在人生的高处，应该就会觉得爱情并没有那么高；而如果不巧站到了人生的低谷，大概会希望爱情从上面伸出手来，把自己拉上去。”

“那我正站在哪里呢？”登登问了八哥鸟，八哥鸟只顾吃饼干的碎屑，没理主人，但登登没空教训它，她现在必须准备去上另一个工了。为了支付多出来的那份房租，除了动物园的工作之外，登登又多接了一个到宠物电视节目的现场去照料宠物的工作。她以前就看过这节目，知道有些来宾的宠物是蛇或蜥蜴之类，这个她大概应付得过去，只希望不要有大蜘蛛就谢天谢地了——强悍如她，也还是有死穴的。

有些人的世界里，却没有电视，比方说，这位帮人做梦的男生。

下雨天的夜晚，长腿男生坐在一个公园的亭子里面休息。有一个肮脏的年轻乞丐，带着乞讨的简陋装备，也钻进亭子来躲雨。

这么年轻就在当乞丐，很难说是出于自己的选择，还是被命运一巴掌扇到了这样的处境。

乞丐看都没有看长腿男生一眼，大概是出于本能的判断：这时会在公园躲雨的，无非就是另一位乞丐同业罢了。

乞丐速度很快地占据了亭子里的桌子，一下就睡着了。

长腿男生好奇地观察年轻乞丐，他衣服上绽开来的缝线，他因为年轻而仍不明确的胡楂，他指甲缝里满出来的污垢，以及他在月光照映下即使睡着仍然紧皱的眉头。

长腿男生打量了一下这亭子的顶，似乎是在确认一些状况，然后坐过去，坐在桌子的一角，静静地看着年轻乞丐的脸。

长腿男生伸手把亭子边上一棵树的树枝拉近，然后把乞丐的手抬起来碰触了一下树枝。乞丐睡得很熟，没有醒来。长腿男生又把乞丐的手放回原处。然后他顺手从枝上摘了一片树叶，放在乞丐当成枕头的破包底下。接着，他滑下了桌子，背靠住桌脚，后脑勺贴住乞丐的脚背，闭起眼睛。

一阵晚风吹拂过树梢，树轻轻地摇摆着。雨渐停，长腿男生睁眼看向乞丐，睡梦中的乞丐眉头舒展了，露出满足的微笑。

长腿男生察觉到微风，睁眼起身，看到那乞丐梦中的笑容，自己也微笑起来。他伸出手，要把放在乞丐破包底下的树叶取回来。这动作惊醒了乞丐，乞丐警觉地跳起来，把包包抱住，大声骂了句脏话，顺势往长腿男生的脸上踹了一脚，一溜烟消失在夜晚的公园。

长腿男生被踢得一头撞在亭子的柱上，痛得龇牙咧嘴。他背靠栏杆，把头往后仰。亭子檐边的雨水一滴一滴打在他脸上，他顺势喝了一些，咂咂舌，把嘴里被踢出来的血用雨水漱一漱，脸色又恢复平静。他把手举起来，看看手上拿着的那片叶子。他用手指摩挲过叶片上的纹路，把叶子夹进他随身带的一个小本子里，然后摇摇晃晃地站了起来，自己蜷到了桌上去，继续睡了。

拉 上 去

爱情是否被高估？

那大概要看这个人当时，
是站在人生的高处还是低谷吧。

如果正好站在人生的高处，
就会觉得爱情并没有那么高。

而如果不巧正站在人生的低谷，

大概就会希望爱情从上面伸出手来，
把自己拉上去。

第十章

用什么来马克初恋的开始

小晃带着逗点，受到叔叔的欢迎，在小岛的盲人庄园住下，已经住快一个月了。

叔叔大概知道小晃休学躲到小岛上来的原因。不过有限的信息使得他难以判断：小晃和逗点，到底是不是一对恋人？

庄园毕竟有经营压力，免费房间数量很少，叔叔要斟酌着分配。所以小晃和逗点两人刚到庄园报到时，叔叔只好直接问小晃，他们两人是可以同住一房？还是要各住一房？

逗点本来理所当然地以为，两人会各住各的，当场就为这问题愣住。她看看小晃，没想到小晃竟然回答：他们两人住一个套房就可以。

虽然事后小晃向逗点解释了他不好意思向叔叔要两套房间的原因，但逗点还是感到很不安。小晃安慰她说，他在学校住宿舍，男生宿舍都是六个人一间，还没厕所，大家都打赤膊走来走去，也很自在呀。

逗点听到打赤膊走来走去这种话，脑中立刻浮现自己打赤膊走来走去的画面，登时感到又好气又好笑。还好小晃也马上笑出来了，他告诉逗点他会睡沙发，而且上小号会把马桶圈掀起来，上完小号会把马桶圈放回原位。

逗点本来有冲动要马上问登登这个状况应该怎么办，但拿起电话没打就又放下了。逗点想到自己既然决定要跟小晃出来，就该自己找到跟这个男生共同生活的方法，从此不要再和登登商量这些小事了。

叔叔四十多岁，既是精明的管理者，同时也是很贴心的长辈。他根据两人在学校所学，让小晃帮忙加强盲人庄园的网站；让逗点帮忙进行庄园一些设施的扩建。其实这两人，小晃才念到大二，逗点才念大一，所学真的非常有限。倒是逗点发挥了一些编故事的才能：她去采访住户，问到些小故事，住户中有好几位老太太都喜欢和她聊天，她也常烤些甜点、讲些笑话的，逗盲人老太太们开心，而且她用这些住户告诉她的各种小故事，帮庄园里退休的导盲犬，各编了一些动人或可爱的小传记，配上小晃替这些狗拍的一些颇有味道的照片，散布到各家流量较大的宠物网站去。这一招果然大大增加了庄园的老狗成功被外地爱狗人士领养的数量，替叔叔解决了一点烦恼。

逗点和小晃同住一房，但界线分明的情况，在他们住进庄园满一个月的那晚，有了改变。

满一个月的那天，叔叔很贴心地为他们两人办了一个小派对，希望让他们在庄园熟悉更多人，住得更自在。

派对结束之后，大家各自回房，逗点和小晃都喝酒喝得脸有点红。

酒在盲人庄园格外受爱戴，也许是因为酒大大地缓和了大家眼睛看不分明的那种不安和孤寂吧。

到了房里之后，微醺的两人聊天聊到刚才在派对里，几位盲人老太太用手触摸两人的头脸来辨识他们的长相，有的比较着重触摸五官，有的则比较着重在头型，有的人还能记住发肤散发的气味。

聊到一半，小晃忽然说，为什么他们两个互相这么熟悉的人，却从来没有学会用盲人的方法，来辨识彼此呢？

“好啊，那我们来试试看！”逗点带着酒意，笑着说。

他们两人开始模仿着刚才在派对里学到的手法，先对将被触摸的人打声招呼：“我现在会碰你的眉毛……”“我现在会碰你的鼻梁……”“我现在会碰你的下巴……”。

先是逗点闭着眼睛，触碰着小晃的五官、后颈、发际、鬓角。

“刚才，他们这样碰你的时候，有几个人称赞你长得很好？”逗点问。

小晃也闭着眼，回答：“哈哈，大概两三个吧，比学校称赞我帅的人少得多啦。”

“没关系，现在可以再加我一票。”逗点摸着小晃的脸颊，说，“小晃，你长得非常好。”

“谢谢你。”小晃仍闭着眼睛，“那现在换我了。”小晃用手探触着逗点的脸……眉毛……睫毛……耳廓……耳垂……

“逗点，你也长得非常好。”小晃说。

逗点闭着眼，喜悦地微笑着。这是小晃第一次这样认真地称赞她，虽然微醺使得她脑子有点晕晕的，但她仍能判断这一刻无比珍贵，本能地用全力记住这一刻。

小晃触碰到逗点的嘴唇了，“你的嘴唇好软，像可爱的小动物……”然后小晃缓缓睁开了眼，看着逗点，指尖勾勒着她的唇形。

逗点察觉到小晃的目光，也缓缓睁开了眼。他们两人互相凝视着对方，微笑着，脸渐渐地靠近，亲吻对方的唇。

和盲人借由触碰对方以记住对方的意思不同，逗点如同所有初次恋爱的恋人，以初吻记住她初恋的正式开始。

此刻她心中不再想什么内疚或者赎罪，她在心中向自己宣布：她得到了爱，她成为了恋人，虽然恋人的命运未知，但此刻她在飞翔，不在乎。

逗点在小岛上的生活舒缓且饱满，登登的生活则忙碌而且饱，因为登登越忙，就吃得越饱。

登登忙碌到很快就适应了没有逗点的生活。这天，登登带着八哥鸟，到节目现场去照顾宠物。

这节目每次都有一段内容，是由男女两个主持人，分别提交一件和宠物有关的奇人异事，让来宾来评价当天谁提交的人或事物比较奇妙。

这天所录的一集是这样的，男主持人提供出专门给小狗或小猫出门乘坐的手推婴儿车，厉害的是这辆婴儿推车竟然装有冷气，让小狗小猫即使在人类挥汗如雨的热天出门也不会热到。而女主持人作为对抗方，则拿出了某名牌手工生产的一款装狗食的盆子，盆上有钻石镶成的一根绑着蝴蝶结的骨头的图案。

登登一边躲在摄影棚的后台，照顾着不同的宠物，一边对身旁的八哥鸟感叹着，猫狗都比她奢华百倍，令她作为人类，脸上无光！她必须吃更多好吃的，作为对抗。

就在这时，制作人拍拍她的肩膀，把她吓一跳。

“我们节目接下来需要一位能把动物内心的声音，翻译出来告诉观众的‘动物读心师’，也就是一位‘能和动物聊心事的人’。”制作人说。

“你不会是要叫我做这个吧？我可不会和动物聊天，我连跟我的房东打电话都会打到吵架哦。”登登说。

“我观察你和你的八哥鸟聊天，我觉得你聊得非常好。”制作人很坚定。

“那都是八哥鸟在听我废话，八哥鸟才是我的心理医师，你弄反了。”

“登登，如果你以动物读心师的身份出现，而观众讨厌你的话，你也没什么好损失的，反正就是回到你默默无闻的平凡生活去。可是，登登，万一观众竟然喜欢你的话，你的收入会比现在最起码多十倍以上！”制作人强调。

“制作人，你看到我的眼睛在发光了吗？制作人你才应该去当读心师，你完全读得出我为了多赚钱，可以把尊严和专业拿去腌泡菜的那颗心！好吧，那我试试！”

登登虽然真的自认为听不见动物内心说的话，但在制作人利诱之下，她答应一试。她在网络上看过一两位这类所谓能和动物聊心事的人，隐约觉得硬要扯些动物的心事，应该也不是那么难，只是肯定会被动物园的同事嘲笑到死。

为了应付这项新工作，登登开始搜寻一些外国的这类节目来学习。其实有些人表现得可算合情合理，登登也就稍微放心一点，努力揣摩猫狗的内心世界。

登登在宠物杂志上读到一段资深动物读心师的建议，这位专家的建议是：“聆听猫狗的内心并不会太困难，你应该由聆听自己的内心开始。”

这专家接着讲她自己的经历："我来告诉你，我是怎么开始尝试听见我自己的内心的。"

专家这样回忆："我有一本相簿，是我整整十年都不愿意打开来看的。终于有一天，我跟我自己说，我应该要看看那些照片了。我打开了那册相簿，看了几张照片，哭了几个钟头后，我才开始比较愿意听听我的心里，到底有哪些连我自己都一直瞒住自己的话。"

读到这段话，登登发了一下呆，靠在椅背上，抓了一把爆米花，塞进嘴里。

"一直不愿意打开来看的相簿……"登登思索着，把计算机上的相簿翻出来，看了一眼。

还真的有一个她一直不想打开来看的相簿，她给这相簿定的标题是"别看"……"里面是些什么照片呀？"登登想了一下，想不起来。

"在聆听小猫小狗的内心之前，就先来聆听一下自己的内心吧。"登登鼓起勇气，把相簿点开来。她不是懦弱的人，在动物园受训要把狼赶进笼子去的时候，前辈示范了用粗布裹在手臂上，挡住狼的嘴，登登只看了一遍，就照着做了。

相簿打开，登登停止了咀嚼，爆米花像定格的泥石流一般，塞在她的牙间。

那些是登登在中学时的照片，并不是服装、头发流不流行这类的事，而是那时，真是胖呀。

登登看着照片，被逼着回想起那时的胖，曾经给她招来的那些嫌恶的眼神。学校男生不经意的嫌恶，把她憧憬爱的能力毁掉了。尤其是一位她本来很有好感的男生，在某次看她上课跑步时，那眼神中遮不住的讶异和轻蔑，使得学生时的她，觉得自己连“暗恋”这样的字眼都配不上。就如同当时的她走进少女的服装店时，会觉得如果她竟然斗胆去试穿那些梦幻的纱裙，一定会害那些纱裙再也卖不出去。

登登后来渐渐把脸转向人类以外，她找得到的最平等、最不伤人的眼神，是来自动物的眼神。

登登站起来，走到镜前，看到滞留在唇齿间的爆米花碎屑。她“呸呸呸”地吐掉碎屑，抹抹嘴，看着镜中的自己。脱离少女时期以后，她的身体仿佛被时间推拿，已经渐渐不算胖子了，是有些赘肉，这里一点那里一点的，但都属于正常的范围。

然而，时间只推拿了她的身体，并未推拿她的心。登登的心还停留在对爱情拒斥的惯性里，有点像因沙漠缺水而自动把叶子一步步长成了针刺的仙人掌，即使后来移居到水源充沛的地方，也依旧维持住了无求于水的满身针刺之叶。

登登转脸对八哥鸟说：“喂，那你读得出我的内心吗？你知道我现在在想什么吗？”

八哥鸟定定地看着她。她笑了：“你猜对啦，我正在想逗点，那个小朋友，她好像比我勇敢得多哩！”登登再照了一会儿镜子，默默流下两行眼泪。八哥鸟拍了拍翅膀，登登把八哥抱起来：“好啦，我已经面对自己寂寞干枯的内心了，接下来，老娘要开始对付那些小猫小狗的内心啦。”

缺 水

即使受伤的日子早已远去，
她的心还是排斥爱情。

像是因沙漠缺水，
而自动一步一步把叶子长成了针刺的仙人掌，

即使后来一再移居到水源充沛的地点，
也永远维持住无求于水的满身针刺之叶。

第十一章

美丽玻璃球里面的空气

逗点真的勇敢吗？还是应该被形容为——莽撞？

和小晃变亲密以后，两人更像情侣那样的同处一室。然而，距离的消失，带来的当然也包括擦伤或刮伤，那绝对不是什么马桶圈拿起或放下这种事。那是每一分钟都在检测两人之间的恋情有没有到达期望值的弹簧床弹跳游戏。在不断的弹跳之际，每一秒都回避不了两人跳跃节奏的落差，或者跳跃高度的落差。逗点常常无力地体会到所谓爱情的压力。

比起来，当初的暗恋根本是闹着玩，像是每天站在橱窗外渴望那双自己爱得要命的鞋。自己以为这样日日盼望，已是极大的付出，暗恋者心里也认定只要哪天真能穿上那双鞋，人生就圆满了。

但，当然不是的。

等真的如愿穿上了那双鞋，考验才开始。

逗点和小晃确实有他们的甜蜜时光。他们有时会带着一群慢吞吞的退休大狗，到小岛的海边去漫步。这些上了年纪的大狗当中，有一只名叫墨尔本的拉布拉多犬，是至今一直陪在叔叔身边的狗。逗点和小晃有时会站在两个不同的方向，同时呼唤墨尔本，看它先跑向谁，就算谁赢。

永远是逗点赢，小晃就会抱怨，墨尔本虽然老了，但毕竟还是公狗，会被女生吸引。即使是这么轻松的海边嬉戏，逗点也很快就感觉得出来，小晃玩到第五次就腻了。而腻了的小晃，虽然仍维持着笑脸，却会自然而然地背对着逗点，一个人往海岸的另一端慢慢走去，越走越远，留下逗点自己和墨尔本玩耍，以及一行被潮水冲刷着的脚印。

盲人庄园到了晚上真的非常无聊，没什么地方可去。逗点很爱这种和小晃厮守在世界角落的感觉，但小晃却越来越常在晚上往邻近的大城跑。

这件事有个起源——有一天，一件小事，微妙地触动了小晃心中的某个齿轮，这齿轮轻轻带动了他开始遁出两人世界。

庄园每周五有住户唱歌聚会，上周五定的主题很妙，是邀参加的人唱出最近一直莫名其妙不断在脑中反复回放的一首歌。

这题目大家很有共鸣，所以参加的人颇多。聚会的主持人是热爱戴着厨师帽的庄园的大厨师，当大厨请小晃也唱一首时，本来一直在旁边以吉他帮大家伴奏的小晃愣了一下。想了想之后，小晃就边弹边唱了一首歌。如果当时逗点在场，逗点就会是唯一知道的人：小晃唱的歌，是车祸那天在天使花园，他弹唱给艾立思听的那首歌。

这场聚会逗点没参加，其他在场者也没人知道这首歌背后携带着什么样的回忆——反正世上本来就每个人都藏着不足为外人道的秘密回忆，哪可能一一追究。所以聚会之后，也没人特地去告诉逗点。于是逗点就只是被动地承担了小齿轮转动之后的结果，也就是：从那天开始，小晃三不五时会在晚餐后，自己进城里去打发剩下的夜晚。有时甚至连和逗点的两人晚餐，小晃也避开了。

如果逗点希望陪他一起进城，小晃也会接受，但就只会简单地两人看场电影或吃顿饭，然后就回庄园了。逗点感到小晃似乎不是那么喜欢她老是陪在他身边，有时就顺从地压下想要陪他的心，让他自己进城去。如果是这样的情况，小晃多半就会到很晚才回来。

在这样的夜晚，落单的逗点，偶尔会打电话给登登，有时则去找叔叔或老太太们聊天。

登登和叔叔都认为这小岛对二十岁的人来讲，本来就太沉闷，他们都会问逗点要不要考虑跟小晃再回到学校。

这是很合理的建议，但逗点一直没有向小晃提出，因为她担心她一旦这样提议，她和小晃在一起的日子，就结束了。

现在这样的生活，好像两个人躲在有雪花会飘洒的玻璃球里面，如果破球而出，生活就会完全不一样了。玻璃球里面的空气尽管越来越不够，但逗点想，如果她尽量少呼吸些，也许能再撑久一点，毕竟这是她奋勇以赴才得以成形的、脆弱却美丽的初恋。不过，这毕竟改变不了，这就是一个窒人的玻璃球的事实。

平日小晃和逗点工作的房间墙上，有许多张逗点记载小故事的纸条，微微随风飘动，小晃浏览着这些纸条，忽然好像领悟了什么，他看看逗点，再看看这些墙上的纸条，渐渐变得表情复杂。逗点问他怎么了，他都没有回答。

当逗点问了第三次时，小晃才说："逗点，你贴在摄影社墙上的那个，去向天使求考试过关的故事，是专门贴给我一个人看的……对吧？"

逗点完全没料到，小晃会在这时候，想起这件事情，她整个人呆住，说不出话。

"我们会去那个花园，是因为你想要跟我两个人出去玩……"小晃说着，捂住脸。

逗点支支吾吾地说："我从看见你的第一眼，就好喜欢你，只是你从来都不会……注意我……"

小晃仍捂住脸："结果上当的是艾立思，不是我……"

"你怎么可以用'上当'这两个字！"逗点愤怒地说，说完就哭了。

"不然呢？！"小晃生气地站起来，"不然是什么？！这整件事不就是你设计的吗？"

"你……你好过分……我喜欢你，想要接近你，这有什么错！"

"我们都没有错！你没有错，我也没有错，可是艾立思死了，我们就错了！"小晃激动得发抖，流下了眼泪。

"我宁愿死的是我！我说过了，我宁愿死的是我，你到底要我怎么样！你要我死掉吗？！"逗点大叫。

"你死掉，艾立思也不会活过来了！"小晃也大吼。

吼完，两个人似乎都被自己吓住，屋里陷入死寂，只有两人啜泣的声音。过了好久，逗点才开口："你……讨厌我了吗？"

小晃没有说话。又等了一阵，逗点又问："你要我离开吗？我可以马上离开这个地方。"

小晃仍然没有说话，逗点的心变得冰凉。她吃力地缓缓站起，往屋外走。

小晃忽然跳起来，从背后抱住逗点。

"对不起，逗点，我……我不应该说这些话，我只是……我好想念艾立思，我好对不起她……"被抱住的逗点，感觉不到任何一丝温度，她仍然看得见窗外有阳光，可是怎么阳光像假的，怎么这么冷！

"我们现在只有彼此了，我们不要吵架了。"小晃说。

逗点深深地叹了一口气，伸手回抱住小晃，但没有说话，她把疑问，留在心里："小晃啊，我们……仍然有彼此吗？"

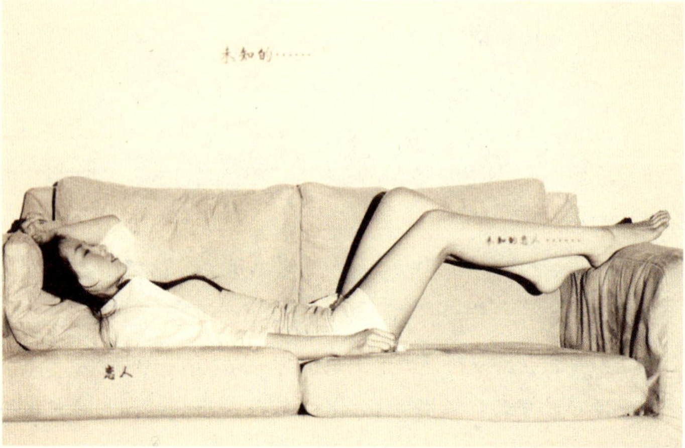

玻 璃 球

两人世界，

有时像是晃一晃就有雪花飘舞的玻璃球。

从外面看时，觉得完整而美丽。

住在里面，觉得窒息。

【给未知恋人的爱情短信】

第十二章

谁在追究相恋的理由？

人如何察觉自己将要失去的东西？如何决定要不要加以挽留？而盲人又是如何感知夜的降临？光的逝去？花叶的掩闭？黑暗的气味？

叔叔坐在他各面墙挂满了绚丽油画的起居室里，手上拿着酒，默默坐对窗外的黑夜。陪伴叔叔的，是感知能力已经比叔叔衰老得多的拉布拉多犬——墨尔本。它也默默望着窗外。

敲门声响起，是逗点。她来陪叔叔看电视。当然，叔叔看电视是用听的。逗点进房坐下。

自从那天在工作室小晃发现了死亡之旅是逗点设计而吵架以后，逗点更加领会了恋爱中那苦涩的部分。她真不知道以前怎么会相信有无忧无虑的初恋这件事。她一心以为，竭尽所能地付出，别人就会如获至宝般去珍惜，这不是从小学校就教的道理吗？为什么到了爱情里面，一个人的付出，换来的往往是另一个人的逃避或嫌弃？

她拿叔叔的遥控器无意识地乱转着频道，停在某个烹饪节目。逗点想看看这种节目，分散一下注意力，没想到厨师正在嘲笑没才华的人做菜："用尽全力，蛋也用尽全力打，萝卜也用尽全力切，结果呢，连个最基本的蛋炒饭都做不好！"

逗点万万没料到连看个烹饪节目也会中枪，心头烦躁，忍不住啧了一声。叔叔听听气氛不佳，就干咳两声，没话找话说——

“逗点，你说你最好的朋友，今天要上一个宠物节目，我们应该要一起看那个节目，对吧？”叔叔说。

“节目时间还没到，叔叔……我想问你一个问题。”逗点的手绞扭着，但叔叔看不见。

“嗯。是不是和小晃有关的事情？”叔叔一猜就猜到了。恋爱中的人，总不会提出物理化学的问题吧。

“我和小晃，大家虽然都把我们当成情侣，可是我觉得，小晃对我的……不是爱……”要这样具体说出来，真的很困难。幸好……虽然讲起来很失礼，但逗点觉得，幸好叔叔没有灼灼的目光，她才能说出这件她觉得很难堪的事。

叔叔人生阅历丰富，可以镇定地面对小女生的提问。“嗯……那你觉得小晃对你的，是什么？”

“我也不确定。我没有勇气跟他讨论这件事……”

“会不会，是一种一起共患难之后的信赖？”叔叔说。叔叔当初就大概知道他们为什么会跑来这个小岛。

“大概是吧……也可能是……一时的怜悯？或者，责任感？”

“怜悯，或者责任感？”叔叔问，显然他觉得这两个东西不太一样。“怜悯通常是我发现你不行了，就放你一马；责任感通常是我把你的东西弄坏了，那我赔给你。你讲的是哪一种？”叔叔不愧是生意人，连爱情也能这样分。

逗点有些被叔叔弄晕了，迟疑了一下，说：“反正……我的意思就是，他可能一时不想丢下我不管，就把我带在身边了！”逗点努力整理自己的想法，但说出这么示弱的话，心里还是难过，眼眶都泛红了。

“是哦？逗点啊，我二十岁的时候，也有一些女生喜欢我，我确实也会因为觉得完全丢下对方不管，对方好像会很可怜，而因此就跟对方在一起一段时间……”

“一段时间？叔叔你二十岁时的‘在一起一段时间’，是多久？”逗点问。

“呃……一两个月吧。”叔叔有点尴尬地回答。

“这么短！”逗点似乎被吓到了，男生讲的一段时间，可以这么短。想到这事可能也发生在自己身上，逗点简直有点恐慌。

“喂，我还没讲完。就算只在一起一两个月，也是因为还是喜欢对方，才会在一起的。不然，就算一两天也没办法的。”叔叔说。

“叔叔你是在安慰我说小晃还是喜欢我的。”

“不是安慰你，是讲真的。叔叔今年快五十岁，比二十岁的时候大了一倍以上，所以我现在如果只是喜欢，但是不爱一个人，大概可以在一起五六个月。人的年纪大了，计算单位也会跟着变大。你想想看，小晃二十岁，懂得谈恋爱的时间大概才三四年，对一段总长度三四年的时间来说，一两个月算很长的啦。”

“叔叔你是不是看准我们现在就要分手了，在帮我预先做心理建设？”

“呃，我看不准啦。一方面你们不是普通的二十岁，你们经历过了生死大难，有很长一段日子人生的计算单位可能会和一般人不同。另外呢，我是瞎的，我怎么看得准，哈哈……”

叔叔笑了，逗点只好陪着笑两声，但她其实很烦恼——小晃仍有可能爱她吗？还是喜欢她？还是可怜她？还是纯粹不想丢下她不管？

“爱情的事，我没办法替我侄子回答。不过呢，逗点你听听看我这个说法——我以前做生意，赚过很多钱。你要是问我每一笔钱是怎么赚到的，我告诉你，原因各式各样，有得赚的时候我就努力赚。有时候是水灾造成大缺货，有时候是主要生产国涨价了，有时候是什么传言造成顾客们囤积货品，有时候纯粹是我的竞争对手病倒了……我会每一次都要求原因符合我的期望，我才做那笔生意吗？不会的。只要没有伤天害理，能赚到的钱我都会赚！”

逗点听得一愣一愣，不知叔叔要说什么。

“我是要告诉你，再怎么样，起码你爱的人现在陪在你身边，而且只陪着你一个人。等你将来有点年纪了，回忆前尘往事，这段日子一定是非常甜蜜的回忆。就算有心酸，也是非常甜蜜，岁月是层层叠叠的岩石，会自动过滤掉那些折磨人的渣渣！逗点啊，想想我赚钱的事情，原因是什么，有时候不是那么重要，你要学会抓住那个结果，享受那个结果！说得夸张一点，我们人类活在地球上，你知道原因吗？大部分人说不出原因的，可是大家谈恋爱还是会快乐，吃冰淇淋还是会开心的呀，不是吗？”

逗点头昏脑涨，只好点点头。发现叔叔看不见她点头，她赶快又出声音说：“我知道了，我会珍惜这段日子的。”

“好啦，我们看你朋友的节目吧。”叔叔说。

节目已经开始，但登登还没出现。登登有预告逗点，她是出现在一段男女主持人各提出一项奇人异事来较量的段落，她代表男主持人那队上场。

逗点解释给叔叔听，说她最好的朋友登登，已经学会读出动物的心声了。叔叔对这事倒挺相信的，说他也常常觉得墨尔本有话要告诉他。

登登在节目中表演了她对一只宠物乌龟的内心解读。表演完之后，乌龟的主人非常认同登登所说的。这时，对抗方的女主持人露出神秘的微笑，说她这次找到的人物，也能拐个弯说出动物的内心世界，因为，“这人能帮助动物梦见它们想梦见的事，而且，还能在旁边把梦境记录下来”。

“咦，听起来有点耳熟。”登登马上发言，说她看过网上有在谈论的一名做梦男生，难道真能找到这人？

当女主持人请出这个能帮动物做梦的人时，登登掩不住脸上的讶异——走进节目现场的这个长腿男生，不就是……不就是之前那天的凌晨，她偷偷带着逗点溜进动物园去，逮到的那个正在和火鹤玩耍的男生？！

正陪叔叔看电视的逗点，也非常讶异地认出了长腿男生。她把动物园的事讲给叔叔听，叔叔听了，耸耸肩膀说：“这人说不定真有魔法哦！我刚才说了，很多事情，光是抓住结果就够我们忙的了，没办法一一去搞清楚发生的原因呀。”

才一转眼，长腿男生已经把节目来宾的一只长毛兔子抱在怀里，闭上了眼睛。这男生很放松，既不像没上过电视，又不像上过电视，反正就是一副没把电视这东西放在心上的模样。他的神态也很耐人寻味，似乎旁若无人，但又不显得傲慢，好像别人信不信他，他都可以接受。

兔子在这男生怀里立刻睡着，睡到嘴巴张开，大家都忍不住笑。兔子的主人有点紧张，不晓得是不是很担心她的兔子中风了。女主持人倒是说出了逗点的感觉，称赞这男生抱兔子仿佛抱婴儿，让人看了很温暖，语句中也顺带赞了一下这男生长得干净、有灵气。电视机前的逗点，本来正为爱情而烦躁，但再次看到这男生，虽然是隔着电视，仍奇妙地令她心情平静了些，像塞车时看到云朵。登登叮咛逗点看这集时，只透露另有惊喜，逗点怎么都没料到，惊喜会是这个奇特的男生。

兔子动了动腿，醒过来了。男生开口解释：“做梦其实很短就做好了，尤其动物的梦比人的短很多。”他把长毛兔放到地上。长毛兔没有去找主人，而是往摄影棚另外一个角落跑去，主人赶快去把她的兔子抱回来。

主持人问兔子梦见了什么，长腿男生耸耸肩说：“我也还不知道，我只是有它的梦的记录而已。”

男主持人笑女主持人请来的“奇人”只是抱抱兔子就想混过去，急得女主持人对长腿男生严正要求他必须赶快说出长毛兔刚才做了什么梦。

“就算说出来，我们也不知道兔子是不是真的做了这样的梦啊！”男主持人笑着说。反正不管做了什么样的梦，就算是兔子主人，也是没有资格替兔子证明的。感觉起来，男主持人和登登这队，这次应该是赢定了。

“嗯，是很难要兔子证明它做了什么梦，这个我也不知道要怎么办。”女主持人半信半疑地看向长腿男生。

“兔子刚才做的梦，记录在这里。”长腿男生拿出一片掌心大小的叶子，指给女主持人看。“你看，刚才兔子还没做梦的时候，叶子上没有这条纹路……有没有？这一条是新长出来的，看到没？”长腿男生很认真，但女主持人忍不住率先扑哧一声笑出来，说：“我怎么可能知道叶子上新长出来一道纹路这种事啊！”全场的人也都跟着笑了。

男生也很开朗地笑了，但还是很认真：“是哦，一般人都不会注意这种事……”

男主持人问长腿男生：“就算叶子上像你所说的，刚刚新长出了一条纹路，而这纹路里面记录了长毛兔刚才做的梦，那我们要怎么知道这个梦的内容呢？难道把这片叶子像泡茶叶那样，泡成一杯茶给我们喝下去，我们才会知道兔子做什么梦吗？”

“唔，泡成茶来喝……这个方法我倒不知道……”长腿男生认真思索着。

女主持人笑出来：“你不要听他鬼扯啦！你照你的方法做就好。”

“看起来这家伙虽然脸长得聪明，但其实是个呆子嘛。”电视前的逗点把她的想法告诉叔叔。叔叔只说很多厉害的人，看起来都呆呆的。

“我想你可能猜得出来。我应该怎么处理这片叶子，才知道兔子做了什么梦？”男生忽然问登登。

“咦？问我吗？”登登忙乱之间，随口回答，“总不会是把叶子烧掉，闻它的气味吧？”

“嗯，就是这样。”男生点头，露出赞许的笑容。

登登以为他开玩笑，哪有这么容易就蒙对。女主持人问：“烧掉？那梦不就整个不见了吗？”

“梦本来就应该不见的。”男生笑着回答。

“你不要再装神秘啦，赶快露一手吓吓我们。”女主持人说着，叫工作人员拿了烧叶子的容器进来。

长腿男生并没有表演指尖射出火焰这类特异功能，而是乖乖用打火机，老实地把叶子点燃，放在容器里，用手把烟扇向自己，闭目呼吸了几下，然后睁开眼睛，说了兔子做的梦的内容。

“兔子不知道为什么，梦见很多各种花纹，大部分是小花小草这一类的花纹，像是布料或衣服的东西，罩在它的头上。就这样。”

“这么无聊的梦？！”女主持人很不满。

“动物的梦和它们的生活很像，通常不会太复杂，也没什么情节。”登登补充了这句。

“兔子的主人，看起来有点被吓到的样子？”男主持人看着带长毛兔来上节目的来宾。

“确实不可思议呀。”兔子的主人说，“我们昨天在家里逗兔子玩，我儿子嫌兔子不太跳，故意把要洗的脏衣服，丢了好几件罩在兔子头上！那些衣服都是我女儿的，确实都是小花小草的花纹！”

这下，摄影棚里发出了哗然的声音，女主持人带头鼓掌，男主持人好像也很服气的样子。

“喂，不会是预先在后台问过兔子的主人了吧。”登登抗议着，大家都笑了。

不论如何，起码看起来大家都挺佩服的样子。

这一段顺利落幕，逗点很高兴登登在节目里表现得很活泼，而她甚至更高兴竟然能再次看到动物园遇见的这个男生，不知是什么原因，她其实常常想到他，像是想念某处曾经一瞥的风景。

至宝

学校从小就教我们：
你竭尽所能地付出，
别人就会如获至宝地珍惜。

很遗憾，
在爱情里面，
你竭尽所能地付出，
有时会换来竭尽所能地嫌弃。

【给未知恋人的爱情短信】

第十三章

造物者也有好奇的事

逗点和叔叔所看到的节目，是录好了一星期后才播出的。这集节目录像的那天，在录像完成之后，登登去找长腿男生说话。

“我在动物园碰到过你。”登登说。

“我记得啊，你和另外一个女生。”男生回答。

“我怎么称呼你？总不能像节目里那样，叫你‘做梦的男生’吧？”

“啊，我的老板帮我命名叫‘鹿头上’。”

“鹿？鹿头上？”

“我老板说我负责看守的那棵树，树枝的分叉非常像鹿头上的角，所以他就叫我为‘鹿头上’。”

登登觉得状况不太妙，这家伙是疯子。什么老板命名、看守棵树的，都是奇幻电影里看来的吧！没办法，聊不下去了，登登维持礼貌地补了一句：“真的啊，太好了，那我们下次再聊吧。”说完就匆匆起身，打算闪人。

然而鹿丝毫没有被冒犯的样子，笑嘻嘻地回答了一句“好呀”。

旁边正在收拾东西的化妆师，对逃离的登登挤了挤眼睛，那眼神的意思很明白，就是“咱们总算遇见正牌疯子啦”的那种“幸好我们是正常人”的眼神。

登登回给化妆师一个敷衍的微笑，快步走向门口。但化妆师那抹嘲弄的笑，让她心里忽然蹦出了一个小疙瘩，是不是前一阵子看自己胖时的照片，回忆起同学那些嘲弄的眼神，使得她很排斥自己轻易加入“我们多么正常，看看那个怪胎”的阵营？

登登转头回到鹿的身前。鹿站起来，比登登高了很多。

“你是不是骗子？”登登问鹿。

“不是。”鹿温和地回答。

“你是不是疯子？”登登问鹿。

“不是。”鹿温和地回答。

“走吧，我带你去吃饭。有些事想跟你聊聊。”

“我想吃水果。”

“好啦，我带你去吃水果。”

鹿顺从地跟在登登身后走出去，留下诧异的化妆师。

如果诧异的化妆师能够隐形跟踪在登登和鹿的旁边，偷听他们两人的谈话，化妆师应该会拍膝盖大笑，这两个人的对话完全狂想啊。

在一间充满了外文旧书的咖啡店里，登登毫无困难地压抑住最近卷土重来的大吃大喝的欲望，因为坐在她对面正在微笑着用自己的木匙吃西瓜的男生，足以占据她此刻的所有心思。

“准备聆听怪胎的心声！”登登聚精会神，准备对付鹿头上的胡说八道。那是她在动物园有时必须面对犀牛或刺猬这些心情难测的动物时练习出来的。

但她太戒备了，鹿其实很愿意说，只是登登一边听，一边冒黑线，登登猜测刚才录节目时，主持人之所以没有多问鹿的背景，应该是制作人事先已经和鹿聊过之后，告诫两位主持人不必多问此人。因为就算问了，这么古怪的内容也没办法随随便便就播给观众看。

倒是登登，现在这么正襟危坐地在鹿的对面，既是自己开口相邀，那么好好把鹿所说的听完，也是该尽到的基本礼仪。

登登先把之前在网络上读到过的，关于“助人做梦者”的传言，一一向鹿核对。鹿证实那些人说的，都真的发生过。登登问了些细节，也都和网络上说的一样。不过，登登提醒自己：网上信息是公开的，鹿头上要据以说谎，也很容易。

接下来鹿的回答，越发离奇了，严重考验登登忍受疯话的能力——根据鹿的说法，他的老板，是宇宙间众多造物者之一。鹿的老板造物的工作范围，主要是制造各种寄居在树木身上的大小生命，例如藤蔓、产卵于枝干内的昆虫、蛀蚀树木获取营养的昆虫，但却不包括筑巢于树上的鸟类、嚼食树叶的各种陆地动物，也不包括住在树洞里的、或者抱着树干睡觉的——“那些，都归其他的造物者去制造。”鹿说。

“嗯，分工的方法有点不好懂，不过，既然是造物者们的事，不好懂也是应该的。”登登想了想，又补充了一句，“就像我们动物园里谁管喂野猪，谁管喂野牛，也没什么明确的道理。”

“我们确实不会想去问老板是如何得到他的工作。”鹿看起来有点抱歉，大概老是有人觉得他的答案令人难以接受，“我们觉得一切都安排得很自然。”鹿又补了一句。

“而你的工作，是老板指派的，就是负责替他看守一棵树枝长得像鹿角的树。”登登装出理解的样子，“然后你的同事们，就负责看守些别的东西，对不对？”

鹿点点头：“我们这一组就是看守东西的。你很明白。”

“请问，一棵树有什么好看守的？”登登忍不住问，但一问出口，立刻有点后悔，后悔自己好像真的打算搞清楚这是怎么回事。

“这棵树会在不同季节，像样品展示大会一样，把那一季所有树木的各种树叶，全部长在自己的树枝上，并且把长出来的各种树叶，都换成奇妙的颜色。这棵树，每一年都会发出不同的音乐声，不是目前任何乐器曾经演奏出来过的声音。如果听不见音乐声，我就要修理好这棵树，如果听见了音乐声，我就要用树叶记录法，把音乐记录下来。”

“哦，原来你们那边的树叶，真的是用来记录事情的。”登登说。

“不只我们那边的树叶，你们这边的树叶也记录得很好啊。”鹿说着，从口袋里拿出一片叶子，和刚才摄影棚里烧掉的那片很像。“嗯，给你。”他把叶子给了登登。

登登顺手接过叶子，一边看了看上面的纹路，一边心里自言自语：“这不每片叶子上都一大堆纹路嘛，有什么好看的？唉，看来这家伙还挺有感染力的……”她退一步想，既然已经聊开了，就当听故事那样，好好听听看这家伙编些什么吧。万一以后还需要在节目碰到，气氛也比较融洽。“那么，鹿，你为什么没有好好待在老板那边，记录你负责的那棵树演奏的音乐，却跑到我们这边来，随便找陌生人，帮他们做梦？”

“呃……这是因为，我老板对于‘梦’，产生了好奇的心。”

“好奇的心？”

“嗯，我老板对于‘梦’这个东西到底是怎么回事，想要了解更多。”

“造物者们不做梦吗？”

“呃，我不知道……我只是，听说我跟我的同事们，大部分是搭乘着梦而抵达老板那边的。”

“这一段我听不懂。”

“我解释看看。”鹿抓抓头发，想了一下，“我搭过这边的地铁和火车。到了车站，乘客就下车，下车以后，大家各自去做要做的事。然后，这些人又回到车站，搭车回去他们各自的地方……我描述得没错吧？”

“没错。”

“嗯，至于我们那边，向来是许多目的不明的人很想抵达的地方，但我们那边却没有车站，也没有可以抵达的交通工具。”

“你们那边……有什么好，还有东西需要看守，这样也不能算是太了不起的地方吧？”

“是没有多了不起，所以我才说想去的人，往往目的不明啊。”鹿耸耸肩，“也许，那些人只是厌倦了这边的世界？像是这边很多人喜欢旅行，你跑去他的国家，他却跑来你的国家，互相跑来跑去的？”

“是有这么些人，跑来跑去、东看西看的。”登登笑出来，旋即想到跑去了盲人小岛的小晃和逗点，他们两人倒不是目的不明的旅行，而是目的明确的逃开吧。登登想，还是暂时不要告诉这个人任何关于逗点的事，万一这个人又跑去找逗点，谁知道会不会惹出什么麻烦。

登登把眼睛移回鹿平静的脸庞，接着问：“你说你们那边既没有车站可以下车，也根本没有交通工具抵达，所以你们都是怎么跑到那边去的？靠做梦？”登登问完，看看座位四周，幸好没有人在听他们说话，不然应该会招来异样的眼光。咖啡店的音乐飘浮在空气中，衬托着她刚刚问出口的荒谬问题。

“是啊。人跟某些动物很像，想要去的地方，再怎么样也会想办法过去。”鹿说。

“这倒是真的。非洲大草原上的羚牛和斑马，一定要过河的时候，就算河里到处埋伏着鳄鱼，它们还是一定要过去。坚持返回故乡去产卵的鲑鱼，就算耗尽力气到累死，也要拼命游回去。”登登同意鹿的说法。

“大概那些非常想去的人，包括我自己，可能都是忍不住一直在梦中梦到那个地方，结果，我们就透过梦境，抵达那边了。呃……如果用某个画面来形容的话，你就想象在海边，非常非常偶然的情况下，你会捡到一个飘洋过海而来的瓶子，瓶里装了一封远方某个人写的信。我们这些借由做梦而抵达那里的人，数量虽说是极少数，但毕竟是抵达了那里，就像终于漂到了某个海滩上的漂流瓶，虽然成功的机率这么低，但毕竟是抵达了。”

“你说‘抵达’是‘实体抵达’吗？像科幻电影里的粒子传输设备，按个钮，就可以把星际战舰的舰长以及队员，由这个星球传送到另一个星球？”

“我不知道你讲的是什么样的设备。”鹿笑着摇摇头，“我们那边没有‘是不是实体’这种分法，你知道啊，造物者们的工作就是造物，他们造了这个物，就有了你所说的实体。如果他们还没造出来，那就没有实体，但不表示那些东西不存在。还没被造出来的东西，比已经造出来的，要多几万倍吧。”

“好吧。”登登脑子有点吃不消了，“那些做梦抵达的人，就留在你的老板，或者其他老板身边，做老板叫他做的事，对吧？那他们原来的身体呢？总还留在我们这边吧？”

“应该是啊。像我的身体，就留在这边呀。你看，”鹿把洁净的手臂伸向登登，“我不是影子哦，我有‘实体’的！”

“好啦，我听够了，就这样吧。”登登至此正式失去耐心，站起来，对鹿说，“你这就是个植物人灵魂出窍、神游太虚的故事，你不知因为什么事故而陷入昏迷。你陷入昏迷之时，以为自己跑去了什么造物者那边打工当管理员，其实你就是躺在床上，靠别人替你喂食兼把屎把尿。现在恭喜你醒过来了，赶快回去你家人身边，不要再继续到处鬼混胡闹了。”登登说完，跑去柜台结账。她向服务生再多买了一个没切开的大西瓜，抱过去给鹿，“我谢谢你跟我讲这么多你的幻想，我再多请你吃一个大西瓜。”

她用手指敲敲西瓜："这可是实体的，不是梦里跑出来的西瓜，你多保重吧。"

登登果断地拎了包包走出去，抛下鹿一个人。而鹿倒没有任何不高兴的样子，只是对她的背影挥挥手，然后专注地低头去研究西瓜的纹路。

快步走着的登登，看见一个甜甜圈店，忽然觉得好需要马上吃些"这边的实体甜点"，赶快冲进去买了两个。店员要装盒子，她说不必了，她拿手上就好。于是她一手拿着甜甜圈吃，一手用手机发着短信，询问节目制作人。

"那个烧叶子的人，跟你领酬劳时，一定有证件或真实姓名之类的资料吧？"

"他没有要任何酬劳哦。他只要求我让他睡在摄影棚，他说大家晚上空着这么多地方没有在使用，其实可以让人进去睡觉。我回他摄影棚空着也不能给人睡觉，但看在他免酬劳的分上，我通融他如果真的需要，可以让他进去睡两晚。"

"他跟那个兔子的主人是套好招的吧？"

"我跟你保证没有。"制作人明快地回了短信。

登登张开嘴，把剩的甜甜圈，整个吞了。

描 绘

如果我们还在恋爱，

那就请你永远不要在跟别人聊天时，

描绘一个听起来可能没有我的未来。

【给未知恋人的爱情短信】

第十四章

每个人心里的破洞

项链岛的海滩上，倒是从未出现过漂流瓶这种东西，只有因潮水和沙子而形成的细小泡沫，仿佛转瞬即逝的一条条细小的珠链。

逗点蹲在海滩上，身边有拉布拉多犬墨尔本陪伴着。

前几天登登打电话来，问她过得如何，她回答："是我人生到目前为止最甜美的生活。"登登很替她高兴，而她忍住没说出她和小晃已经出了问题。她所深爱的小晃在她的身边，跟她过着比任何情侣都更封闭的恋人生活。他们很少接触外面的世界，被一群看不见的人，以及一群衰老又说不出话的大狗所包围，这比任何故意设计的两人世界还要两人。

如果可以混下去，逗点应该可以继续自欺欺人。她一点也不计较，她只是没办法连自己也一并瞒住。不是爱就不是爱，眼神里承载的、亲密时收到的、亲吻时交换的，都不是爱。很像，只差了一点点，但不是爱。死去的艾立思得到的是爱，而她得到的，是不一样的东西。

逗点不会怨怼，相反，逗点感激得要死，感激到好像这世界出于某种误差，误以她为女主角，拍了一部根本不该由她主演的电影。

逗点这些心里的事，小晃没有察觉吗？逗点不想去追究这件事，她暗暗希望叔叔可能会告诉小晃一些她的困扰，但她又很怕小晃会因此而不高兴。天哪，她觉得好累。而且她更害怕面对一件事——万一小晃根本没力气在乎她的感受，甚至，不想在乎她的感受？对很多男生来说，当恋爱变成一件太啰唆的事，男生最想做的就是逃开而已。在爱情里，男生更常想证明自己，而不是像女生那样去探索自己的能耐。

这场初恋，恐怕终究是逗点单方面的宣誓，虽然勇敢如出征的圣女，但似乎队伍还没抵达真正的战场，粮草就已经无以为继，空有英雄的旗帜而已。

叔叔和小晃在叔叔的起居室里，看墙上那些大大小小的油画。

“我快要忘记我最喜欢的这幅画的样子了，小晃，你可不可以拉着我的手去碰碰这张画，然后告诉我，我碰到的是这幅画的哪个部分？”

小晃当然答应了，引导着叔叔的手，去摸索墙上一幅巨大的油画。他一边引导，一边讲给叔叔听：现在碰到的是画里的一棵非常华丽的大树，这棵大树长满了各种树叶……现在移到了画的中央，是一个站在树顶上的天使……讲到这里，小晃眉头皱起，说：“叔叔，天使……我现在很怕看到天使。”

叔叔问为什么，小晃告诉叔叔他们出车祸的旅程，就是去看一个有天使雕像的花园。

“这样啊，那我们别看这画了。我们去外面走走吧。”

叔叔对路太熟了，不需要搀扶。墨尔本跟在后面，有点喘。

“你住不太惯这里吧？晚上到城里去比较热闹一点，对不对？”

小晃嗯了一声，没说什么。

“你出事以后，是不是已经不开车了？”叔叔问。

小晃又嗯了一声。

“那，我们来开车吧。我开，你在旁边帮我。”叔叔说。

小晃很讶异，不懂叔叔想干什么。“这里往右，前面就是我的车库了。”叔叔拉着小晃的手，熟门熟路地来到一辆漂亮的老车前面。“这一家的车，这个年代的车型最漂亮，现在没有一家做得出这个线条了，你一定没坐过这款车吧？！全国应该不会超过十辆这个年份的了。来，我载你，你坐坐看，你现在不坐，将来不知道什么时候才有机会再遇到这款车！”

“叔叔你真的要开呀？！”

叔叔已经坐上了驾驶座，说：“我以前是号称大老板里面开车最稳的前十名哦！好多女生是坐了我的车，才忍不住做我女朋友的！”

小晃迟疑着要不要上车，叔叔催促他：“你不上车，就没人给我指方向啦，赶快上来。岛上根本没车，你怕什么，怕撞墙吗？你叫我踩刹车，我还是会踩的呀，我只是看不见，又不是没有脚！”

叔叔这样讲了，小晃当然只好顺从地上车，坐在叔叔旁边。叔叔又吹了记口哨，墨尔本奋力一跳，但腿没力，没跳上后座。小晃又下车，把墨尔本抱上车。

“这一段我自己来就行啦！”叔叔以很缓慢但平稳的开法，顺利把车开出了车库。

“至于开到庄园外面的路上，我从来没试过，你今天坐的是我的处女航哦！”

墨尔本捧场地摇着尾巴。叔叔说：“墨尔本根本没看过我开车，看它高兴的！”

小晃给了叔叔一些简单的方向指示，叔叔听他声音很紧绷，安慰他说：“你别紧张，我们就开到前面的面包店门口，够近了吧。”

小晃这下总算脸色放松多了，就继续“左边一点，右边一点”地指示叔叔方向。叔叔用的速度，只比跑不动的墨尔本快一点点，所以车上的墨尔本一脸困惑，大概它这辈子没有坐过这么慢的车吧。

直到听小晃说面包店只差百步之遥时，叔叔忽然猛踩油门。车子飞奔向前，吓得小晃惨叫一声，而叔叔乐得狂笑，猛一刹车，车子竟然刚好停在面包店前！

面包店老板隔着门，看见是叔叔自己在开车，大吃一惊，马上拿了大篮刚烤好的面包出来，送到车上，祝贺庄园主人“御驾亲征”。

叔叔吃着面包，下了驾驶座，却没有熄火。他对小晃说：“我想绕一绕项链岛，你开车载我兜兜风吧。”

小晃也下了车，站在路边，没有立刻坐上驾驶座。

“小晃，出了车祸，是运气不好。这世界不是为了照顾脆弱的人而存在的，天使像会勾起你的痛苦回忆，但没办法，天使像还是会到处出现。除非你像我这样瞎了，才会从此看不见这些东西。你可以一直不开车，但你不可能一直不坐车，别人开车未必有你自己开来得小心。我知道踏出这一步很痛苦，但天下不会有比这个小岛更适合你重新坐上驾驶座的地方了，来吧！”

小晃理解叔叔的苦心，感激地看看叔叔，应了一声，坐上驾驶座。他握住方向盘，脸上表情很复杂。

叔叔坐上了小晃原本的座位，说：“你重新发动一次引擎。这是你车祸之后第一次开车，每个动作你都要做。”小晃迟疑着，叔叔提高声音：“我一个瞎子都敢开的车，你还有什么不敢的？！”

小晃这才坐挺身子，依照叔叔的吩咐，重新发动引擎。“这声音多么好听！小晃，人生就是要往前，出发吧！”

“是，叔叔！我知道了！”小晃一踩油门，车快速把面包店抛在后方。墨尔本这才感觉到了是在坐车，开心地叫了好几声。

项链岛实在很小，小晃尽量找能弯进去的巷道都开进去，才能稍微开久一点。叔叔露出满意的微笑，在车上问小晃："你在我这里住了两个多月，住够了吧？"

"住够了。"小晃答。

"要回学校吗？"

"暂时不想。就算再念，也想换一所学校。"小晃答。

"接下来这事我不该问，可是这女孩子我很喜欢，所以你让我问一句吧。你还会带着逗点一起吗？"

小晃抿起了嘴唇，没有回答。

车速更快了些，过了几秒，小晃回答："我做了决定以后，一定会和叔叔说的。"

叔叔点点头。

小晃继续开着车，眼睛看着前方。

证 明

在爱情里，

男生被迫证明自己可以，

而女生被迫探索自己的可能。

【给未知恋人的爱情短信】

第十五章

喜悦和痛苦一律不请自来

如同世上任何角落的人，登登也一样需要向前看的能量。最近总算也有浪漫到几乎不可思议的事，发生在登登的身上！事情发生的时候，登登还偷偷咬了咬嘴唇，会痛，确认不是在做梦。

事情发生在她工作的动物园。本来她只是初级饲育员，轮不到她上场向游客解说动物习性的，但是主任认为她多少算是电视上出现的人了，应该可以吸引一点游客的注意力。

登登换上干净的动物园制服，来到水族馆，站在水母展区的前面，解说水母的构造。

水母展区的灯光幽暗，这样水母才比较清晰。这天，水族馆很多游客是小学生，跑来跑去的，不太理登登的解说。但是有一位西装整齐的男人，站在一段距离之外，安静地看着她。

登登试着吸引小学生们的注意，试了两次无效之后，登登放弃，转向这个男人。但她才刚要开口，整个人就冻住了。

即使在水母区如此微弱的、淡淡的蓝光之下，登登还是一眼认出来那对眼睛的主人。登登几乎可以听见自己心脏忽然像齿轮卡住那样，“咔”的停了一拍。

登登前一阵子翻看自己多年不愿面对的求学时期的胖照，猛烈地记起她以前那朵在刚刚燃起的一瞬就被冰块残酷封住的爱慕火苗。

她在学校时，真心喜欢过的那个同学。

那男同学百分之百不曾察觉自己当年曾经以大概不超过十秒钟的嫌恶眼神，伤害了一个爱慕他的胖女孩，而且从此把对方爱慕人的能力整个锁住，长达十年以上。

这应该也是为什么这位当年的男同学，现在可以毫无内疚地、在看到登登上了电视后，循线打电话到动物园来，确认了登登会担任讲解工作的时段，而一步一步找到了水母的展区。

“你变得跟在学校时很不一样，但我看电视时，还是很快就认出你来了。”男人说。

“我刚刚也是一眼就认出你来了！”登登不胜喜悦地回答。

接下来男人说的话，才真正令登登连呼吸都要停止。

“我想跟你约会，可以吗？”男人说。

登登根本不能相信她听到的话，怎么可能在这么多年不见的情况下，立刻提出这样的邀请？！

登登被狂涌而来的喜悦冲得发晕，她开口就要回答：“当然好！！！”

但就有这么不巧，一群小学生东跑西跑的，此刻正好跑过来围着她转。她为了给小学生让路，稍微退了一步，再抬头要回答男人的邀请时，却发现不知怎么搞的，自己竟然退到水母展示箱的后方来了。她用力地回答："当然好！"但显然水族箱阻隔了声音。她隔着水母，看见男人脸上渐渐露出失望的神色，赶紧更用力地喊："当然好！"可惜男人似乎完全听不见，表情非常失望，终于转身离开了。

登登用力拍打水族箱，吓得荧光水母们一阵乱窜。登登仍然能听见自己用手"砰砰"拍打的声音，但眼睛睁开，才觉悟到自己是趴在计算机前的姿势——她刚才睡着了，这是一个梦。

"是做梦？"登登难以置信。那么真实的眼神、那么真实的喜悦、那么真实的失望，是一个梦？！

她转头看看八哥鸟，八哥睡得正香。她伸手把桌上杯里的水泼在八哥脸上，吓得八哥跳起来。登登苦笑："这下确定我们两个都醒了哈！"登登怅然瘫在椅上。她整理着刚才梦里的画面，非常想再温习一下那个男人的脸，但画面像沙滩上被浪潮拍打的沙堆城堡一样，快速地溃散，捉不住。

登登泄气地缓缓站起，把手伸进口袋，触及了口袋里一样东西。她把东西拿出口袋，是一片叶子。登登困惑地看了一下叶子，想起来是鹿在节目里烧去一片叶子以后，把剩下的另一片叶子送给她，她当时顺手就装进了口袋里。

"难道，是这片叶子，或者，是因为我送西瓜给鹿……令我做了这个梦？"

登登这下终于有点体会到了网络上那些偶遇鹿头上，做了梦的人，对鹿产生的微妙感觉——不想服气，但又很难不信邪。

可是她并没有和鹿待在同一个屋顶下呀，为什么鹿仍能令她梦见这个她向往已久的会面？又或者，就是因为步骤不齐全，所以梦的结尾才会这么差劲？

她想马上找到鹿，问他这到底怎么回事？她想到制作人说的摄影棚可以借鹿睡几晚，立刻赶去摄影棚，但没找到人。

登登想了一下，决定去动物园的水族馆一带碰碰运气。她又赶到水族馆大门口，关闭的大门前是座巨大的水母雕像。她幻想着一探头，就会看到鹿像流浪汉那样躲在雕像底下睡觉，可是大水母底下也空无一人。登登很失望，只好回家去。

回家的路上，她看着鹿给她的那片叶子，心里偷偷咒骂着这梦真可恶，枉费她还记得要用咬嘴唇感到痛这招来确认不是做梦，结果连这个细节也是梦，这也太难防了吧？

登登很想再温习一下梦里那心跳乍停的幸福感，但她察觉对这场梦的记忆已经渐渐蒸发。她回到家以后，上网去探问了一下，提过鹿的人都说最近没看到鹿，不知这人又跑到哪里去了。

忽然，她想到了一招。她把那片叶子找个碗盛着，然后把叶子点燃了，模仿录节目时鹿那样，把叶子燃烧时产生的烟雾扇向自己，只是，登登才吸了两口，就呛得狠狠地咳嗽。她当然什么梦境也没看到，只看到房里的烟雾，以及烟雾中八哥不高兴的眼神。

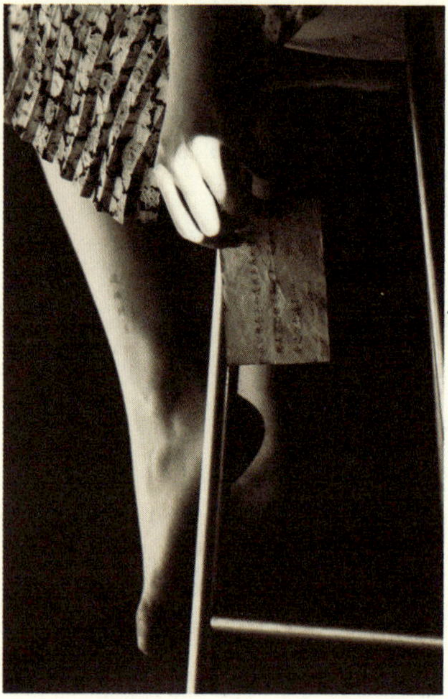

考验

暗恋者每天在橱窗外渴望着那双爱得要命的鞋。
暗恋者以为她的每天驻足渴望，
已是极大的付出。
暗恋者以为只要哪天真能穿上那双鞋，
人生就圆满。

有一天，暗恋者真的得到那双鞋了。
当她穿上的那一刻，
她发现：真正的考验，这才开始。

【给未知恋人的爱情短信】

第十六章

花朵离枝才知道花季结束

被叔叔逼着重新开车那天开始，连着两个星期，小晃都没有在夜晚再离开庄园。他花很多时间陪着逗点做些平常他不太耐烦做的事，给植物浇水啦、洗衣服床单啦、给狗洗澡啦这一类的事。

就算有些事小晃完全没有动手做，他也会好好地陪在忙碌的逗点旁边，玩自己的手机，偶尔用手机给逗点拍张照。

这两星期过得如此宁静而家居，逗点原本忐忑不安的心，在困惑中被暂时地安抚了。她暗暗想，难道真的是叔叔发挥了影响力吗？还是小晃终于开始在乎她的感受，不管是出于怜悯还是责任感？

她鼓起勇气问小晃，为什么晚上不太出去玩了？小晃只笑笑，回答说："什么样的生活，都会过腻的。"这答案又令逗点暗自琢磨了很久。她有点后悔乱问小晃，觉得自己根本没什么能力承受小晃随随便便的一句回答。

她用短信告诉登登她被赏赐了家居生活，好像有一点点可以称之为幸福的雏形了。她也向登登问了一下节目中那位长腿男生的近况。登登只简单告诉她，这长腿男生神出鬼没，很神秘。登登在末尾还补上一句："梦是不存在的，我却在梦里得到了存在感，可怜吧！哈哈。"

逗点看着这句话，沉吟了一会儿，然后回了一句话给登登。"我很努力要在爱里面得到存在感，只是当那个爱消失不见的时候，希望那个存在感不会也跟着消失不见就好了。”

过了两天，庄园里有一对失明的小姐弟，要回家去和他们的父母团聚。庄园人手不够，就拜托逗点陪同这两个小孩过桥，到车站去搭火车。

当逗点送完这对姐弟，回到庄园的房里时，她看到房里的床头放了一封小晃留下来的信。逗点看到信封放在桌上的画面，再看看小晃的东西带走了大半，她整颗心像被某只手一抓，然后用力甩入冷冻库里。

她变得虚弱无力，好像空中有一管比梁柱还大的针筒，在瞬间把她体内的力气一下子抽光。逗点缩在房间角落的地板上，望着那封信，不想去碰。

一直拖到晚饭时间，叔叔竟然自己一个人拿着拐杖，寻到逗点房里来了。

逗点看到叔叔，就明白小晃离开以前，一定有先向叔叔报备过了。而叔叔怕逗点有什么状况，就特别过来找逗点一起吃晚饭。

“我本来以为你看了小晃的信，马上就会过来找我的。”叔叔站在房门口说。

“叔叔，我还没看信，我没有力气打开信。”

“这样啊……那要不要我告诉你信的内容？”叔叔问。

“不就是，小晃不要我了吗……”说出这一句，逗点终于哭了。

“所以要你看信呀！小晃只是离开一个星期，出去走走。”叔叔苦笑。

“真的吗？！一个星期？叔叔，他还要回来吗？”逗点像沉在冰冻水底的小海豹，又期待又迟疑地浮向水面，无法判断在结冰水面上等着她的，是一口食物，还是一颗猎人的子弹。

叔叔耸耸肩，说："我没问那么多。不过暑假再一个月就结束，你们难道不是都该回学校啦吗？"

逗点听到这里，挣扎着站起来，扶了叔叔坐下。

叔叔说："我以为你要罚我站一辈子呢！"叔叔又说："不要怕了，趁我在这边，陪你一起看信吧。"

逗点把小晃留下的信打开，上面写的是：

"亲爱的逗点，我想出去走走，一个星期。请勿挂念，我会当心自己，你也要好好的。一星期之后，不管怎么样，我都会在那个我们庄园的小码头，告诉你我的决定。让我一个人出去晃一星期，一星期之后，我想我可能会知道，接下来我要什么。谢谢你的体谅。"

逗点念完，叔叔一时也没接话。等了一下，叔叔说："就给他一个星期，去感觉一下吧。逗点你也可以在这一星期感觉一下，每个人要的东西都不一样，除了自己想办法去找答案，别人也帮不上忙。"

逗点嗯了一声，心里想：原来过去两个礼拜的甜蜜，是"告别"的漂亮的包装纸，满心欢喜地一层一层拆开，最后里面是："告别"。至于那是出于怜悯，还是出于责任感，现在又有什么重要？不管是什么，反正已经不是爱了，或者说，从来就不是爱。

接下来，这一星期当中，小晃就真的不再和逗点通消息，连每天睡前一则道晚安的短信都没有。

终于，对逗点而言，如同宣判刑期前之等待的这一星期过去了。

那天的早上，逗点把自己打扮好，努力把心理也准备好——是要去小码头，和小晃作正式的道别了。

逗点用正常的步伐，走到了大厨房旁的小码头，还没看到小晃的人，逗点竟然有暂时松一口气的侥幸感。

她在树底下的椅子坐下。坐下的时候，她看到树干上绑了一个很大的标示，是个箭头，往上指。

逗点抬头看——大树上满满地挂着逗点的照片，有的在洗碗，有的在晾衣服，有的在笑，有的在睡觉，有的是在当初去的那个古老的天使花园，有的是在这个盲人庄园。

风微微吹着，照片轻轻转动，每张照片背后都有这样一行字：

“逗点，谢谢你这段时间的陪伴，我必须要把伤痛的回忆封起来，我想要迈向下一段的人生了，永远谢谢你！”

逗点仰脸看着所有这些照片，像一面一面港口挥别的小旗子，像每个季节到了的时候、必须要离开树的花朵和叶子。这不再是节庆了，这成了哀伤的日子。

逗点站不起来。她就一直那样坐在椅上，仰着脸，用脸盛住眼眶里一直冒出来的泪水，而阳光依然公正地、没打算遗弃谁似的，由枝叶之间洒下来，洒在树上挂着的那一张一张小小的逗点的脸上，洒在凝结于树底下、正在被她的初恋撕开的那个脆弱的逗点的身上。

她记得她骑车离开校园时，偷偷许下的那一个愿望——有一天，小晃也会为她布置一棵挂满她照片的树……

这个愿望实现了，实现在这样的一天，实现在她碎裂的一天。树上悠悠旋转的每一张照片，都是一片这一天的逗点的碎片。

许 愿

我们许愿，
祈求愿望实现，
只是有时愿望是以令我们悲伤的方式实现，

就像天空真的下起钻石之雨，
而我们被困在即将脱水而死的沙漠里。

第十七章

有些贝壳想再看见海

蜻蜓的前半生始终在水里度过，理所当然地把水底当成是全世界，而一旦时间到了，指针“咔嗒”一声对准，蜻蜓忽然就被驱赶到生命的后半阶段，翅膀一张，透明四翼映射阳光，从此永离水下，生活于天空。如果人的生命也像蜻蜓般划分为两段，那么，初恋就是那个“咔嗒”一声的指针，就是划分的开关——初恋之前，认识一次世界；初恋之后，重新认识一次世界。

逗点所得到的这段和小晃两人互相厮守的日子，在将来回头探看时，自然被界定为逗点的初恋。

初恋的开始或结束，往往都令人措手不及，因为脑中、心中都完全没有可参考的坐标。那是课本的第一页，第一页翻过之后，后面的页数都以它为基准，而有了页码。

这段初恋中的每一秒，对于逗点来说，世界都像新的。然而小晃离开了，别人的旧世界都依然安在，只有逗点一个人的新世界塌掉。

初恋能带来第一次难以想象的甜，就能带来第一次难以想象的痛。

小晃的离去，足以令逗点想死。

“想死”，并不必然是“想要死掉”，而可能是想要得到死掉以后可能来临的、再无知觉的宁静。

说起来很矛盾，人之所以被设计成会感觉到痛，其实是为了警告人类已经触及危险的边缘，必须赶快应变，不然就会完蛋。比方说，小孩摸到火，被烫得很痛，就会赶快缩手，不然就要被烧伤。

所以“痛感”是警告的灯号，让人转向而行。可是，失去所爱所带来的痛感，却没有指示的功能，就只是纯粹的痛而已，痛得像无目标的惩罚，使痛的人只能渴望叫停所有感觉。

小晃的离去应该是无可奈何的，他想挥别一段他无能为力的过去。而这个过去像一尾沉默的水底生物，时时以逗点为浮标，默默摇曳在小晃想要粉饰太平的生活的水面之下。

都已经逃到了盲人的孤岛，却逃不出自己的回忆。携带着共同逃亡的伙伴，结果却成为最必须逃离的黑影。年轻的小晃被命运任性地推弄着，在棋盘上跌跌撞撞，终于撞倒了身边亦步亦趋的、无辜的逗点。只是——

小晃挥别的方法好冷酷，冷酷到像某种部落的仪式。

逗点以为起码会有一个道别的拥抱，起码可以有一个吻……虽然拥抱或吻，也不会改变分手的事实，但起码有温度，像是共患难的难友应得的道别。

然而小晃却在这场道别中缺席，他懦弱地不敢面对这个他自己都困惑得要命的结果，于是所有重量压在逗点一个人的肩上。

登登知道发生了这事，马上就抛下工作，赶到小岛来陪逗点。登登看不得逗点不吃不喝，冲到大厨房去找齐了材料，逼着逗点陪着她一起包饺子，还逼迫逗点要依照她指示的奇形怪状来包。这招总算有点用，逗点一边包，一边总算慢慢又凝聚回一点人形。

等到整组饺子包好，登登直接用油煎。煎得焦焦的之后，登登把长短圆尖的形状各异的煎饺拼在大盘里，竟然拼成一个有四肢，甚至有重点部位的男人身体!

悲惨中的逗点看到登登这么幼稚的举动，竟然有能力“扑哧”一声笑出来，在哭脸上蹦出一朵苦苦的小花。

登登还用豆子、萝卜丁什么的，大略布置出了五官，然后就逼着逗点，说：“来！看你要从这个烂男人的哪个地方开始吃！”

登登陪着逗点，两人哭哭笑笑地把这已经被油煎过的男人，给五马分尸地吃了！

两人边吃边灌酒。她们狂饮的酒，都是叔叔派人送过来的。

叔叔的慰问卡是这样写的：“可爱的逗点，相濡以沫，不如相忘于江湖吧！小晃是我侄子，我并不希望他一直躲在我这个地方，我很鼓励他往前继续，只是我也没有想到他会就这样自己跑掉。这种事，我其实也不好干涉他的决定，只能说我们家的男生，都不会处理这方面的事吧……（叔叔在这里还画了个苦笑的脸）。我送上这些酒，我不能开快车以后，酒就是我逃离某处的快车，你喝完再找我拿，不用客气！”

两人越来越醉，逗点抱着登登，大着舌头说：“登登啊，我真的很痛苦……可是……我不能恨他啊！我本来就跟我自己讲好，我只要陪他撑过这段时间……就像陪受伤的小鸟把翅膀养好那样，看着他飞走，我就很满足了……”

登登眼皮已经重到盖下，嘟囔着：“小鸟……他的小鸟，我见一只剁一只……”照前言后语来看，这个语态中的小鸟，大概不可能是复数，不过没人有力气纠正她，因为逗点和登登两人，都醉到睡着了。

登登陪了逗点两天，必须赶回去工作了。但她不放心逗点一个人留在庄园，怕她一走，逗点又恢复不吃不喝的状态，就拉着叔叔来到庄园的餐厅，向几位和逗点有过往来的盲人住户拜托，拜托他们轮流每天派一组人，硬拉逗点出来吃饭。

这些住户都答应了，登登才算是稍微放心地离开。

住户们说到做到，每天一小桌人轮值，派代表去逗点房里，找她出房来餐厅共餐。逗点实在不好意思拒绝盲人长辈们，也就勉强出来，和他们同桌吃点东西。吃饭间，这些爷爷奶奶，也都尽责地找各式各样的话题，想让逗点有点胃口。

逗点其实吃不下，但不吃又过意不去，勉强吃了几次之后，一天中午，竟然在餐厅当众干呕起来，呕到同桌的盲人爷爷奶奶们手足无措，连声慰问。

其他桌的住户听到了干呕声，也不免纷纷交头接耳，大概都忍不住感叹这对小恋人如此分手，留下这女孩独自受苦，听着好心酸。

逗点自己觉得狼狈，很不好意思地向同桌老人们告了假，逃离了餐厅，躲进自己房里。

这房间对逗点来说，其实如同另一间刑房。逗点躺到床上，不小心翻身到以前小晃惯常睡的那半边。逗点把脸埋进小晃的枕头里，深深吸着枕头上残余的气味，好像是一头被思念折磨到上瘾却戒除不掉的动物。

这时，响起了敲门声。逗点进来时并没有把门关严，于是房门应声而开。一位老人，一只狗，站在房门口。

逗点有些诧异地在床上跪起，呆呆望着房门口。

“……请问，桂奶奶，你……找我吗？”

站在房门口的老太太——桂奶奶开了口：“逗点啊，我知道你想念小晃，可是小晃几乎算是不告而别……”

逗点赶紧打断：“桂奶奶，我们小孩这点事，桂奶奶你不要放在心上啦。大家这样轮流陪我，照顾我吃东西，我已经很麻烦大家了。”

桂奶奶伸出手来，示意逗点听她说话。“我不是来安慰你的。我有个可能很可笑的提议，你可愿意听听看？”

既然桂奶奶这样说了，逗点当然不再阻拦，表示愿闻其详。

桂奶奶拢一拢雪白的头发，说：“你或许没注意，小晃在我们这里住的这段时间，最常一起玩的狗，是我的狗。”

桂奶奶说了，逗点才注意到她脚边的小狗，是年轻、活泼、黑白花的短腿猎犬。显然不是导盲犬，应该是桂奶奶的宠物。

桂奶奶接着说：“我这几天被你这小姑娘的遭遇弄得很心酸。我真想再听见你开心的笑声，所以，我的奇怪提议呢，就是我想把我这只小猎犬借给你。”

“把你的狗借给我？”逗点很困惑。

“我的狗是猎犬，嗅觉很灵敏。你让她多闻些小晃留在这里的衣物什么的，然后你就牵着它去城里散散心，随便四处走走，说不定……”桂奶奶说到这里，停了下来。

“说不定什么？”逗点还是很困惑。

“……说不定，你会有机会找到小晃现在在哪里。”

桂奶奶很慈祥地说：“反正，小姑娘，想念谁，就正大光明去找他，总胜过你现在这样，整天……”桂奶奶话讲一半，忽然好像听见了什么，微微转头倾听，“……唔，是祝老师来了。”

在桂奶奶后方，出现在房门口的，是又高又瘦、像根竹竿，却有点驼背，永远都穿着旗袍的另一位老太太，大家都叫她祝老师。

逗点知道祝老师以前是非常有名的西洋棋士。她虽然眼盲，但常在庄园的休闲厅里，和三个以上的工作人员，同时间各下一盘棋。三个明眼人对抗她一个看不见棋盘、只靠记忆下盲棋的老太太，都还是输给她。

祝老师向桂奶奶打了招呼，然后驼着背，对逗点说：“这位同学，上次我掉在沙发底下的棋子，谢谢你帮我找回来。那副棋是家父留给我的，我很看重。我知道你最近遇到了一点……问题，我是特地来告诉你一件事的……”祝老师停了一下，转向桂奶奶，“桂小姐，我没有打扰到你吧？”

“没有，祝老师，你请继续。”桂奶奶说。

“这位同学，你那个男朋友，之前常来找我下棋，你知道吧？”

“是的，祝老师，我知道。”逗点回答。

“你那位男朋友，棋下得很慢，所以我只好在下棋中间，找点话跟他聊，不然我会等他等得很无聊。他在想棋的过程当中，提到不少附近城里面他去过的地方，哪里的电影院啦、篮球场啦、跳舞的地方啦、买书的地方啦……总之，他讲了不少地方，我也没有真的用心听，不过呢，你可能也知道我的脑子……算是很会自动记事情吧……”祝老师说着，从绣花提袋里抽出一张纸来，“我把你那个男朋友提过他常去的地方，列了一张清单给你……我的字你看得懂的，因为我记得我写每个字的位置，不会把两三个字写得叠在一起，你放心。”

“谢……谢谢祝老师，我……谢谢……”逗点很惊讶地接过清单，果然，一丝不苟的字迹，把所有地点写得整齐清楚。

“不过，如果他已经去了更远的……”祝老师话没讲完，忽然停了下来。她和桂奶奶好像听见了什么，同时侧头倾听，低声说：“咦……金上校来了……”

她们两人讲完，逗点才听到手杖点地的声音，显然她的听力比两位老太太慢了一拍。

金上校出现在门前走道上。她虽然是女士，但一头白发剪得极短，梳成西装头。金上校穿着她日常就穿的军装，手持金属柄的拐杖。拐杖清脆地一记一记敲着地面，配上她漆皮鞋跟踩地而来的声音，形成一种步步逼近的效果。

金上校来到门口一站，闻了闻空气，向大家打招呼：“祝老师，桂小姐，啊，还有桂小姐的小猎犬。”然后金上校把脸转向逗点，“逗点，我一直没有机会告诉你，你替我熨过的军装，是我在这里穿过的最挺的。谢谢你！”

“上校，不客气。”逗点回答。她看着金上校，不知道这位老太太又要提出什么谋略？

“逗点，你应该可以想象，以我在部队的资历，各个单位都有些我的老部下。”

“是的，上校。”

“我叫人去电话公司查了一下小晃最近打电话的通讯地点……”金上校挺直了背脊。

逗点脸上露出诧异的神色，觉得这也太夸张了，但另外两位老太太却都没有任何意外的表情。桂奶奶温和地微笑着，祝老师则微微点着头，似乎对金上校的能耐一点也不陌生。

金上校接着说："我把电子邮件印出来了，上面有小晃住的旅馆，这样你应该可以比较准确地找到他了。"

逗点接过金上校打印的纸张，望着眼前的三位老太太，不知道该说什么。

"小姑娘，看起来你不用借我家的小猎犬了，那你就好自为之。你是要求他回来，还是要赏他一耳光，或者只想默默地再看他几眼，桂奶奶都没意见，反正让自己赶快再开心起来吧。我还想再吃到你烤的饼干呀。"

桂奶奶说着，把小狗从地上抱起来。

"这位同学，脑子，是用来装能帮助自己的东西的！"驼着背的祝老师，指指自己的脑子。"会让你痛苦的东西，那是有毒的东西，赶快处理一下，就可以从脑子里清除掉了。这样这里面才有空位装更多对你好的东西……你不用跟我比，我的脑容量不是一般人的脑容量！"祝老师骄傲地轻轻一笑。

"逗点！大好青春！男人有的是！得之我幸，不得我命。该放掉的就放掉啦！"金上校手杖一跺，大步转身而去。

祝老师则牵着桂奶奶，笑着点点头，跟在金上校后面走了。

逗点追到门边，红着眼眶，大声说着："三位奶奶，谢谢你们！谢谢！"

庄园这些历尽人世沧桑的老人，并不觉得初恋破碎是多么严重的事。只是有几位疼惜逗点，也有几位认为小晃走得太无情，所以就各自想了办法，起码可以帮逗点找到小晃，看看事情是否有转机。也有几位老人纯粹觉得逗点必须出去走走，不可以一直把自己关在已成废墟的往日爱巢里。

三位老奶奶手脚很快，马上有了行动。可是逗点却很迟疑。她认为小晃应该根本不想这么快就再看到她，虽然她是多么地想再看到小晃。

她这几天每天醒来，都希望睁开眼睛时，可以看到小晃又重新出现在身边。她一直交代自己，千交代万交代，只要小晃回来，她绝对一个字都不问，她绝对可以做到仿佛小晃从没离开过。

当然，她的一厢情愿没有得到任何响应，小晃不会再回来。所以，只剩一条路，逗点去寻找他。

逗点残酷地想象着，她如果真的找到了小晃，而小晃对她露出嫌恶或不耐烦的眼神时，她吃得消吗？

逗点没有答案，但像现在这样困在庄园，她已身心枯萎到令自己害怕的程度。她看着祝老师和金上校给她的纸条，心里做出了一个卑微的决定——

逗点决定去找小晃，因为她已经想明白：以现在自己的状况来说，尊严已经可以不要了。她想象她如果问登登，登登一定会告诉她，尊严这种东西，也无非又是人类自己发明的。动物是不来这一套的，即使是最威风的狮子，猎捕斑马时，也有一半以上的概率，会被斑马的后腿狠狠踢在脸上，然后狮子也只能灰头土脸地饿着肚子，带着伤，回去等待下一餐。

而她现在已经被疯狂的思念折磨到接近动物的状态了，她没有能力再去顾及什么尊严这一类的事！

一旦抱定了这个态度，决定尊严根本不重要以后，逗点的心里感到一种自暴自弃的轻松。逗点简单梳洗了一下，带着老太太提供的两张纸，出门去了。

逗点隐约感觉到此刻的自己是半疯的，也感觉非常孤单。她很想找一个什么人陪在她身边，看管住她，不要在真的见到小晃时，做出太失控的事。

但没有人可以陪她。

叔叔当然不行，三位老奶奶当然也不行，甚至连登登都不适合，因为逗点完全不想被一个那么熟的人，看见此刻的自己。

桂奶奶的小猎犬，其实是不错的选择。但逗点觉得心乱如麻的她，不可能一路上还能照顾好一只狗。最理想的可能是反过来会照顾主人的墨尔本，但它又太老，走不动了。

逗点忍不住苦笑了，世界上这么多人，她竟然想不到一个可以暂时把自己的心智相托付的。

但逗点还是出发了。想要见到小晃的执念，压倒了其他一切疑虑。

逗点坐在车上，看着手上两张和小晃行踪可能有关的纸。她想先采用西洋棋奶奶祝老师写的清单，到小晃常去的这些地方走一走。如果能在公共场合相遇，可能小晃会觉得是巧合，感觉会好一点。总比被逗点直接找到旅馆房间去，气氛会好一些吧。

祝老师的清单上，列有大概五六个地点。

逗点进了城以后，就先找了可以上网的咖啡店，把这些地点的地址查出来，然后就请教咖啡店的人，把这些地点依照远近，大概排了一排。接着，逗点就一一去拜访这些地方。当然，一无所获，她没有遇到小晃。与其说这是在想要偶遇小晃，似乎更像是一场逗点用行走来对小晃送别的过程。

就这样东走西走，逗点原本狂乱的心绪，渐渐平静了许多。

逗点在这些地点的外围信步乱走，像在训练某一只看不见的狗那样，她谆谆训练着自己去接受这个事实：她和小晃仍然在同一城，却已不再是恋人。她心里挣扎着，一下觉得这样也就够了，不必真的再找去旅馆，因为那会令小晃非常困扰；但脑中刚刚这样想过，下一秒她又转念，觉得今天不见到他，以后恐怕就更见不到，而永远再也见不到小晃的想法，令逗点非常害怕。

清单上未走到的，还有一家书店。逗点就也在这书店内外走了一圈，仍然没有小晃的踪影。逗点离开这家书店，在人行道上无目标地乱走，天已经黑了，而她做不了最后的决定。她暗暗希望自己可以就这样走到迷路，然后被次日的阳光蒸发。

逗点经过路边一个幽暗的小广场，广场上悬挂着大的白布幕，正在放映一部西洋的黑白电影。白布幕随风微微飘动，使得银幕上的人脸也随之微微起伏。

广场上虽然整齐地排列着大概十排折叠椅，但没什么人在看。观众大约只有零零散散的十几个人。

逗点不自觉地走向小广场，挑了角落的椅子坐下，呆呆地望着银幕。她看起来似乎想要逃进那个扁平而陌生的异国世界里。

可惜，她才刚坐下来，银幕上的男女主角就拥吻，然后就打出了西洋老电影惯用的英文“剧终”的字样。但逗点似乎没有察觉电影已经结束了，仍然呆呆地望着夜空中已经没有画面的白布幕。

逗点呆坐了一会儿，忽然有人坐到她身后的那排椅子，说了声“嗨”。是男生的声音。

逗点仍在出神，本能地转脸去看是谁。她涣散的眼神看了一下，才对上了焦距。然后，她露出讶异的表情——

“你……你是……那个……”逗点说不出他的名字，但很明显认出他了。

“我是。”男生说。

是鹿头上。他们曾经在动物园见过一次，之后逗点又在电视上看到他一次，然后逗点听了登登大概转述了这位鹿头上自称的奇怪来历。

“竟然会遇见你啊……”逗点精神集中了很多，她听起来感慨多于惊讶，似乎是想说：“原来我们竟然会以这样的方式相遇啊。”而不是说：“怎么可能会在这里遇到你。”

“我刚刚坐在这里看这部电影，很奇妙啊，电影这种东西好像一场很长的梦啊。”鹿说。他似乎对于偶遇任何人都很习惯，没有任何讶异的样子。

逗点细细地端详着鹿。鹿也不觉得尴尬。

“嗯，我白天心里模模糊糊想到的、适合在今天陪着我的那个人，原来就是你……”逗点说。

如果是一般人，这时就会问：“陪你做什么事？”或者“咦，你那位会读动物心事的朋友呢？”不过鹿不是一般人，所以鹿只回答：“好呀，我陪你。”

很奇妙，逗点听见鹿这样回答，脸上竟然浮现出一种终于放心的微笑。那张脸上，已经好久没有出现微笑了。

鹿果然适合陪伴今天的逗点，因为他不问别人的事，对别人的情绪也不会大惊小怪。但他又不是机器人，只是似乎另外设定了心情的沸点和冰点。

逗点把她和小晃的事，简单地告诉了鹿。在幽暗广场的微风吹拂下，鹿静静听完。诉说一遍之后，逗点觉得好多了。

“我知道了，虽然不是很懂，但据说恋爱中很多事情本来就是拿来体会的，而不是拿来懂的，那么，我们就照这个地址，去这个旅馆，看看小晃在不在那边。”鹿说。

“可是，我不知道我到底应不应该见他！”逗点说。

“去那边看看吧。也许他根本不在那边，你就不用烦恼了。”鹿说。

“万一他在呢？！”逗点问。

“你想要再看看他，可是你担心他不想再看到你，对不对？”鹿问。

“嗯。”

“那我们到了那边，就想一个办法，你看得见他，他却看不见你，这样应该就可以了吧？”鹿说。

逗点没有什么可以反对的了，只好同意。于是鹿头上陪着逗点，依据情报老奶奶金上校提供的消息，找到了小晃所住的旅馆。

这旅馆不大，只有六层。到了旅馆外，逗点完全不知所措，于是鹿提议由他去柜台弄清楚小晃是不是真的住这里。鹿向逗点问了小晃的全名，以及小晃以前念什么学校，然后就进旅馆去了。

逗点在外面等，幻想着会不会一抬头就这样和小晃当场撞见。一会儿，鹿走出来，说小晃是住在这里，但现在人还没回来。

逗点问他怎么问到的。鹿说他告诉柜台有一份包裹要当面交给某某先生，请柜台拨电话叫这位先生下来取。柜台查了一下，就告诉他这位先生还没回旅馆。

逗点颇惊讶鹿竟然懂得如何打听这种事，但她这时心很乱，顾不得问鹿是从哪里学的这种私家侦探的招数。

逗点想了一下，问鹿："你愿意陪我在路边等他回来吗？"

"好啊。如果你想躲起来看他，我帮你找位置。"鹿说。

鹿找了旅馆大门对面有几棵树的后面。他以自己为替身，让逗点躲到对面的树后面，看看是否看得清。两个人测试了一下，有一段路刚好被路灯照亮，使得逗点即使躲在树后面也可以看清楚马路对面的人。

"如果……他不是一个人回旅馆，你也愿意看到吗？"鹿问。

逗点没有回答。

两人就一起沉默地躲在树影里等待。

又过了一阵子，鹿说："如果你看到是他出现了，你就碰碰我，我可以上去假装跟他问路或者随便聊些什么的，让他在光亮的位置站久一点，你就可以看久一点。"

逗点还是没有回答，应该是想象会看到小晃的时刻即将来临，心情乱到根本不知道该回答什么吧。

他们两人从晚上大约九点等起，当时马路上还有不少人来往。等到快十一点的时候，人渐渐少了。

逗点完全不知道会等多久，也许等整晚小晃也不一定会回旅馆，但她怎么可能不等？她知道自己没有选择。

至于鹿头上，似乎一点也没有不耐烦，他背靠着树，整个人简直要融入树影中去了。

到了快十一点半时，逗点碰了碰鹿，鹿可以感觉到逗点在微微发抖。鹿看看马路对面，只有一个人正在接近旅馆的大门。鹿轻巧地移动，一下就到了树群的对面，出现在旅馆大门前方了。他大方地上前，不知道是假装问路或者是找到其他话题，反正是把小晃绊在路灯较亮的区域大概半分钟，然后两人还笑嘻嘻地握手道别。

这表示，躲在树背后的逗点，有半分钟的时间可以看到小晃的脸。

小晃看起来和之前差不多，神情什么的都很正常，既没有变憔悴，也没有失魂落魄的模样。和鹿讲完话之后，小晃就走进旅馆去了。

演完戏的鹿，绕回树后面，看看逗点是否还好。

逗点没什么动静，仍站在树后，安静了很久，没有说话。鹿就陪着她，继续待在暗影中。

“小晃……他看起来很好……”又隔了很久，逗点才开口：“我……我要回去了。”逗点说。

“如果你想当面跟他讲话，我们其实也可以进去找他。”鹿说。

“……不用了。谢谢你，鹿，我今天做的傻事，已经够多了。”说完，逗点把额头抵在树上，很小声地哭了。

她就这样哭着。鹿站在旁边，没有出声安慰，只是陪伴。

树木有时会被眼泪所灌溉，不过这样的事，很少发生。

痛

人之所以会感觉到痛，
是为了警告我们身体面临危险，
必须赶快应变。
烫到会痛，要快避开。
器官会痛，要快治疗。

可是，唯独失恋所带来的痛，
没有指点生路的功能，
就只是纯粹的痛而已。
于是失恋者无从寻求复原，
只能等待麻痹……

【给未知恋人的爱情短信】

第十八章

从梦中蔓延出来的火灾

那晚，漫长的等待，逗点用自己的眼睛，确认了小晃依然安好。

如果，落单以后的小晃，也一样变得无比憔悴，也许逗点就会感到一丝欣慰，就会有勇气，也有理由，从树影后面走出，对小晃倾诉她有多需要他。可惜，或者某个角度来说，也可喜的，小晃看起来很好。于是，逗点知道，曾经是同一条河的两岸，彼岸已在阳光下，虽然此岸仍是夜晚。

逗点最终采用的道别方式，对小晃没有任何影响。恋人，真的是一种非常奇怪的身份，这个身份会以什么方式开始，又会以什么方式结束，通常都要等事情发生过后，当事人才会知道。

在别人眼中，“躲在暗处，默默地确认他依然安好”，当然是很心酸、很没尊严的行为。但如果是发生在恋人的身上，那也无非就是恋人用来“向自己宣告，这段恋情至此终止”的许多方式中的一种吧。

果然，过了那晚之后，逗点渐渐恢复为能够参与生活的人。

而且，她甚至还回报了三位老奶奶一份无比奇特的礼物——

逗点把鹿介绍给她们三位。

一场逼真扎实的好梦，对盲人来说，绝对是长久的黑暗生活中难得的滋润。如果是曾经看得见的盲人，更可以在梦中重温缤纷的世界，回味记忆中最想念的亲人或恋人，或者畅快地感受眼盲之后就被取消了的种种打球、射击、观影、阅读之乐。

三位老奶奶经过鹿的做梦服务之后，大赞神奇，于是一传十，十传百，鹿很快成为盲人庄园的抢手人物。

原来，在那晚窥探完小晃之后，逗点为了答谢鹿的陪伴，就把鹿带回了庄园，让他在工作房里打地铺、吃水果。

鹿一进入庄园，就说住在这里的人，一定都很久没有做清晰美丽的梦了。他一这样讲，逗点立刻想到盲人的梦确实可能越来越模糊，甚至始终是一片黑暗，于是灵机一动，先找了三位疼她的老奶奶来试试看鹿的能力。

鹿的规矩，一个人只能服务一次，这对几位做到美梦的住户来讲，真是巨大的遗憾。

当许多住户都轮过之后，逗点才想，也许是该让叔叔也试试看的时候了。只是谁也没有想到，这份对盲人格外珍贵的礼物竟然会迂回地导致一场意外，而且这意外就发生在叔叔身上。

一个平常的夜晚，大概半夜一点多，喜欢依据天光而作息的不少盲人住户早已熟睡。这时，叔叔最喜欢待的那个起居室，失火烧了起来。

盲人庄园本来就是照顾人的地方，比一般小区更注重急救的准备，所以火灾发生，警铃响起，庄园的工作人员很快就赶到了失火的现场。叔叔的起居室是依据往日的品味而布置的，挂了不少帘幔和油画，这使得火势快速变大。

工作人员毕竟不是专业的消防人员，七手八脚的，有的灭火，有的救人。叔叔倒在已经满是烟雾的屋里，看起来是昏迷了，救援的人去搀扶他，闻到很强的酒味，判断叔叔应该只是醉倒。大家稍微松了口气，赶快把人扶到屋外，由医护人员上前确认叔叔的状况并急救。

听到嘈杂的人声，逗点和鹿不约而同地从自己房间赶到现场。看到叔叔很快就被救醒，两人放了心，这时真正的消防人员还没赶到。逗点只穿着单薄的睡衣，蹲在一边，望着夜色中的火光，心头荡漾着奇怪的念头：觉得生活看起来文明，其实一切都很原始——巨大的月亮、燃烧的火、脆弱的人。

她看向鹿，鹿也正在看着她。逗点忍不住用手指了指鹿，鹿稍微笑了笑。看得出来，火使他很不安。而逗点指他的原因，是因为当逗点在想一切都很原始时，也连带想到了鹿——“还有你，你也很原始，像语言还不通行时就出现的人。”

逗点的思绪忽然被打断。她听到了一点微弱的狗叫声，脱口叫出：“墨尔本呢？”

逗点望向叔叔身边，没有墨尔本的踪影。逗点快步跑进火场，大家都在忙，没有人注意到逗点跑进屋去。鹿吓了一跳，咬牙挣扎了一下，无奈地跟着跑了进去。

屋里黑烟滚滚，逗点叫着墨尔本的名字，叫了好几声之后，听见屋里一角发出微弱的呜咽。逗点循声摸索过去，墨尔本奄奄一息地趴着。逗点上前想抱墨尔本，却抱不太动，可能逗点这一阵子体力还没完全恢复。于是人和狗一起跌坐在地，墨尔本虚弱地睁眼，勉强望了逗点一眼。逗点安慰它：“没关系的，我陪着你。”

逗点抬起头，有些着火的窗帘掉落，天花板熏得焦黑，他们头顶上一幅画着天使的油画，渐渐由边缘烧起来。逗点本来还想试着往外冲，但看见窗帘带着火焰飞舞着，便害怕地坐回原地，看着画中的天使，被烟雾呛到流泪，有点昏沉。

着火的天使画作，连画框一起，重重摔在地上。这时，着火的窗帘忽然被大力扯开，脸色紧张的鹿冲过来，把逗点和墨尔本连人带狗抱起来，又长手长脚地从窗户跨了出去。

关心逗点的住户们，发现那一夜逗点出去找小晃“当面道别”之后，竟然就光明正大地带了另一个男生回来，都非常惊讶。像桂奶奶就有点不以为然，可是祝老师和金上校却认为这样很好——“很好！旧的不去，新的不来！”金上校这样说。

不过住户们做过梦以后，普遍对鹿都比原来友善得多。大家比较吃不消的，是鹿那些比较玄奇的描述，不过这点也还好，如果不是被人询问，鹿根本不爱说。

至于叔叔，上次在电视上听过鹿的表现之后，就对他的能力很感兴趣，加上住户们的口碑，叔叔就分配了房间，让鹿住下。当然，作为庄园主人，叔叔比较谨慎。他安排鹿来帮他做梦的那天，偷偷吩咐过工作人员，确认了鹿身上没有藏任何拍摄录音器材或任何奇怪药物，才让鹿帮助他进行做梦的仪式。

叔叔做梦的内容，旁人当然无从知道，但根据叔叔的助理回忆，叔叔这场睡眠时间超级长：一觉睡了近二十个小时！

当时再三前往探视的助理说，叔叔一直睡到第二天太阳下山。房门打开，叔叔呆呆地背靠床头而坐。当时助理看见鹿走向床头，取了树叶，然后，默默走出去，而叔叔则叫助理搀扶他去起居室。

助理说，叔叔进了起居室之后，就关上门，再也没有动静，没想到叔叔会自己一个人大醉在起居室，还在半夜引起火灾。

消防队由城里赶来，帮着灭了火。根据现场判断，火灾是叔叔醉了以后，手上未熄的香烟掉在地毯或垫子上引起的。所幸火灾没有蔓延到其他屋子，叔叔也完全没被呛伤或烧伤。

被救出火场的叔叔，又咳又吐一阵，酒醉也就醒了。逗点也只是轻微呛到，没什么事，倒是向来平静的鹿，把人和狗救出来以后，心情变得很不好，久久没有一丝笑容。

墨尔本状况严重，被送到了小岛上的诊所急救。

身 份

恋人，
是一种非常奇怪的身份。

这个身份会在我们身上，
以什么方式开始，
又会以什么方式结束，

通常都要等事情发生过后，
当事人才会知道。

【给未知恋人的爱情短信】

第十九章

受伤也可能唤醒生命

叔叔非常自责喝醉引起的火灾，把墨尔本害成这样。

他看墨尔本渐渐不行，只好拜托逗点把已经熟练于对动物读心的登登请来，希望登登能告诉他，墨尔本最后的话语。

在等待登登赶来的大半天里，他们三人在诊所里陪着墨尔本。叔叔本来还想把墨尔本转去城里的大医院，但诊所的医生说，这只拉布拉多犬的身体，已经禁不起这样运送折腾了。

叔叔请人准备了食物，三人一起用餐。大量五颜六色的蔬菜水果上桌，总算使鹿心情变好了一些。叔叔发现逗点和鹿各自拿出自己的木匙，觉得很好奇，逗点才告诉叔叔他们第一次在动物园碰面，鹿就拿木匙送她的事。

鹿解释："你所抱过的树的叶子可以记录你做的梦，至于木头呢，也是土里长出来的东西，也多少可以记录人们的生活，只是看人们愿不愿花力气去阅读这些记录吧。"

叔叔点点头，说："是啊，我以前看树木的年轮，也猜想过像那样每年都改变的纹路，应该是在记录些什么吧。这样说起来，我喝醉酒之前，由鹿帮助我做的那场梦，也由一片叶子记录下来了？"

"是的。"

"那你也知道了我梦见什么？"叔叔问鹿。

“我不知道，如果不把那片叶子烧掉给我吸收，我就不会知道叶子里记录了什么样的梦。”

“啊，像你在电视节目里对兔子的梦做的那样。”

“是。”

“那就让我的梦记录在那片叶子里吧……只是，我做梦后竟然喝醉引起火灾，还连累你们两个冒险去救墨尔本，我实在应该……起码向你们解释一下吧——我梦见的，是我年轻时错过的一个我应该深爱的人。”

叔叔难得地重重叹了一口气。

“我错过以后，其实没有很在意，毕竟我当时一心想要赚大钱，恨不得把全世界能赚的钱都赚到！男人怎么会把恋爱当回事，你恋爱谈得再好，也不会登上财经杂志的封面，也不会得到国家元首接见，对吧？所以呢，对于感情的事，我一直都觉得过去就算了，就算心里留下了一个洞，也是全力用其他各式各样的东西丢进去，以为这样子，这个洞也就填起来了。”

鹿好奇地听着，眼神微微发亮。

“眼睛一旦看不见外面的世界，就只好 直往里面看，有时候看到了心里面的洞，却已经想不起来这洞是怎么造成的了，也就逃避着，不去管它。就像路上有个洞，绕过去也依然可以继续通行。”

“嗯。”

“直到那天请你帮我做梦时，我都还是不确定，我有没有可能在梦里记起来，这个洞是怎么留在我心里的。因为我在清醒时，竟然已经想不起来了。果然啊，你很厉害，我在梦里面清楚地看见，我是怎么错过了一个我最应该深爱的人。”

工作人员进来收拾时，好奇地看了两人的木汤匙一眼。

“所以啊，有时候真是：忘记，才能帮助我们活下去。一旦不小心温习了应该忘记的事，又吃不消的话，只好喝个大醉，结果连房子都烧啦，哈哈哈……”叔叔苦笑，皱纹瞬间加深许多。

登登赶到庄园时，已是半夜了。她已经听逗点说过鹿待在这里的事，一看到鹿就说：“你又跑到这里来捣乱啦！害人家把房子都烧了吧？”鹿抓抓头，笑了笑。

墨尔本的最后时光，被四个人围绕：叔叔，逗点，登登，鹿。

墨尔本躺在叔叔的怀里，虚弱地发出一点点声音。叔叔握住登登的手说：“它好像想说些什么，麻烦你……”

“嗯，我试试看。”登登安抚地拍拍叔叔的手，单膝跪下，让自己的眼睛，平视墨尔本的眼睛。

墨尔本看着登登鼓励的眼神，稍微振作了一点，在微弱的气息间，发出一点点声音。

登登闭起眼，握住墨尔本的前脚，眉头渐渐皱紧，好几秒都没办法说一句话。再尝试了一下之后，登登有点放弃地叹了口气，睁开眼。

“怎么了……读不出来吗？”叔叔心急地问。

登登正要起身回答，站在登登身后的鹿伸手按在登登的肩上，小声说：“我们一起试试看吧。”说完，鹿也用单膝跪下，握住墨尔本的另一只前脚。

登登没什么信心地看了鹿一眼，两人同时闭上眼，用心地听墨尔本心里的话。

“……墨尔本说，它曾经趁你还没进房前，把你盘子里一块很大的肉吃掉……”登登首先听见的竟是这件事，边说就边笑了出来，自己忍不住加了一句，“哈，这小子跟我是一路货色！”

叔叔听见这话，忍不住微笑着说：“啊，红烧肉……”

登登继续翻译：“它说它知道你禁止它吃这种味道的肉，但它现在还是想要告诉你，那是它一生吃过最好吃的一块肉，它……永远没办法忘记……”说到这里，登登和鹿也忍不住笑出来。

叔叔嘟囔着：“这爱吃鬼……现在叫厨房做，不知来不来得及？”他大声叫助理进来，请助理拜托厨房尽快做一份红烧肉来。

“叔叔，你有带墨尔本，去坐过……船？”登登问。

“有吗？”叔叔想了一下，“啊，有啊，有一次带庄园很多住户一起出游坐大船，结果有点挤，我就带着墨尔本另外搭了一艘小船。”

“墨尔本说……平常它都很紧张，那天它很放松，因为不在陆地上，不需要靠它带路，它说，它很怀念那天。”

“嗯，我也很怀念那天。”叔叔搂了搂墨尔本。

“它说……虽然工作这么多年有点辛苦，但它看过有很多狗遭遇到很多不幸的事，它很谢谢你的照顾。”登登又侧头停顿了一下，然后翻译语速变慢了。“你一直很坚强，有没有我的陪伴，其实不是太要紧，但有时候看到你一个人时，露出不是很快乐的样子，我就觉得……也许我的陪伴，还是有一点用……”

“唉，这些年，还好有你陪我。”叔叔喃喃说了一句，眼泪滑下了脸颊。

“……还以为可以继续陪你，因为常常忘记自己是狗了，比人的生命短很多……”登登说到这里，停了下来，因为墨尔本的气息变得太微弱，眼睛也几乎闭上了。

在场的逗点忽然有点恍惚。她听着墨尔本的遗言，眼睛望向白墙，想着，如果是自己的最后时光，她还会希望被小晃抱在怀中吗？

她竟然暗暗地编造起自己的最后话语，她应该是会对小晃说：“跟你在一起的日子，好像有人默默在我心里安装了一座内装宝石的沙漏。每一天过去，我都仿佛感觉到一粒宝石从那沙漏的上方，滑过细窄的孔道，掉落在沙漏的下方。这令我始终知道，我再怎么喜欢和你在一起的日子，日子也是如此有限，仿佛是看一部我最喜欢的电影，银幕下方却显示着倒数计时的小框框，提醒着我放映时间正一分一秒地逝去。”

逗点想象着如果她这样说，小晃会用怎样的眼神看着她。感谢吗？不……不必感谢，她想告诉小晃：“我对这段感情的付出，是我在完成我自己的愿望。如果你觉得你是自私的，那我也要承认，我也是自私的，所以，我们都不要再互相觉得抱歉了……”

想到这里，逗点忽然有一种“终于……”松了一口气的感觉，逗点意识到自己可能至此终于愿意放自己一马了，她从两侧的太阳穴附近开始感觉到血液重新流通的细微改变，她轻轻呼出了一口气。

逗点自己也没有想到，竟然是在墨尔本向世界道别的这一刻，她才总算能够向她这场既像恩赐又像惩罚的初恋，成功地道别……

逗点的思绪，忽然被打断。逗点把眼睛由白墙移回来，看见诊所的医生和护士推门进来了。

诊所里只听见墨尔本微弱地呼吸着。登登和鹿已经站起来，停止替它翻译。叔叔仍抱着它，轻抚它的颈毛。

“你教会我一件事情——”叔叔对墨尔本说，“陪伴，就等于爱，最脆弱时的陪伴，最珍贵啊。”

逗点听见这句话，不自觉地默默点了点头。鹿看看逗点，逗点也向鹿轻轻点了一下头。

“墨尔本很累了，也许……”医生说。

“好吧……墨尔本，谢谢你这么多年的陪伴，辛苦你了。”叔叔把墨尔本抱起来一些，然后看向医生。

这时，诊所的门忽然打开，歪戴着厨师帽的大厨师和助理一起冲进来。厨师端着还在冒着热气的肉，对叔叔说：“红烧肉来不及，这白切肉俺用砂糖、酱油拌了，一定也好吃！”

叔叔笑了，把肉交给逗点，说：“墨尔本一定很感激最后是你和鹿救了它，你来喂它最后一顿吧。”

逗点看看登登，登登教导她：“墨尔本已经没力气吞食物了，你嚼烂一点点，放进它嘴里，给它尝尝味道吧。”

逗点照着做，喂了一小口给墨尔本，医生同时注射了准备好的针剂。

“墨尔本，我们很快就会再见了。”叔叔把脸贴在墨尔本脸上，墨尔本闭上了眼睛。

“好好做个你喜欢的梦吧。”鹿握住墨尔本的前脚，轻轻说。

诊所和厨房都在小码头附近，方便运人或运货的船往返小岛和大城之间。万一岛上有病患必须送到城里去时，用船有时可能比车子平顺。

逗点走在鹿和登登的中间，三个人都手揣在口袋里，往小码头的方向逛去。

刚经历了死别，三个人之间弥漫着淡淡的脆弱的气氛。

登登一直没机会问鹿，她之前梦见中学时暗恋的男生，到底有没有特别的意思？但事情已隔很久了，登登觉得再追问也有点蠢，就只是个梦而已，登登就问了别的事：“听说是你自告奋勇去和小晃讲话，让逗点在旁边偷看小晃的时间可以长一点？”登登问鹿。

鹿笑着点头。

登登又问：“那你跟小晃聊什么？他不会觉得你很奇怪吗？他没觉得你是骗子吗？”

“鹿说他到处流浪的时候，几乎每天都要找陌生人讲话，所以他很会这一套。”逗点把话接过去，“他说他问小晃是不是某个中学毕业的，说小晃长得很像他以前的同班同学。”鹿当然是瞎扯，但他们就这样互相核对地聊了半分钟吧。

“你学坏了！”登登瞪鹿一眼。然后登登转而问逗点，“你那样躲在旁边偷看他，不会很丢脸吗？”

“嗯，事后就觉得很丢脸，当时顾不得丢不丢脸。”逗点说。

“万一小晃身边带个女的呢？那你不是伤心死了？”登登问。

“是啊！幸好没有。”逗点吐了吐舌头，“如果有，我可能会当场冲过去，然后……跟他说……没关系，我们可以三人世界，然后求他别离开我，哈哈。”

“啧！没骨气！”登登说，“你应该当场拉着鹿，跟他介绍说鹿是你的新男友，身高比他高十一厘米！”

“唉，我想不出这些招，我那一阵子根本快要死掉了，我的心到现在还是痛的！我根本整个人就混乱到一塌糊涂啊，你没恋爱过，不懂啦！”

“你放屁！你现在恋爱过了，神气了是不是？！老娘我每天都看大象交配、鸵鸟交配、金龟子交配，你看过吗？啊？！你看过吗？！”登登撒泼，逗点哈哈大笑。

“它们不会‘每天’交配啦，我听我老板说过，当初设计它们的时……”

“你闭嘴！”登登大吼一声，阻止鹿继续，然后对逗点说，“你们这小岛上事情太多啦，你明天记得要提醒叔叔，这次我是来这里‘出诊’，要付我车马费的哦，不要每次都忘记付我钱！”

逗点想到登登上次来看她时，她如同是被小晃捡起来听一听，又抛回在海滩上的贝壳，那样弃置岛上，孤单地拥抱着海的声音，多么想死。经过了这一段时间，她似乎是撑过来了。想到这里，她心中酸酸的，抱住登登说：“叔叔会付我工钱，我的钱都给你，我知道你最爱钱了。”

“这样最好了。”登登笑着捧住逗点的脸，“谈恋爱很辛苦对不对？下次不要再随便谈恋爱啦。”

三个人走到小码头那棵小晃布置的“道别树”底下。

登登抬头看看树上那些逗点的照片，经过这些日子，照片都已经有点脏了，登登大声说：“我觉得我们可以把这些照片拆下来了。”

“嗯，我也这样觉得。”逗点也大声说。然后她告诉登登，“刚刚你在翻译墨尔本的最后心声时，我有一点恍神……我在想，如果是我在最后的时光，我会对小晃说些什么。”

“你会说些什么？”鹿关心地问。

“我会说，小晃你不用内疚，也不用感谢我……”逗点跳上树下的凳子，仰脸对着满树的照片说，“如果你一定要感谢我的话，我也会永远感谢你，谢谢你给了我这段时间，让我用我的方式，拥有了我的初恋！”

说到这里，小晃低头望着鹿说：“你当初说恋爱应该会使一个人变更好，我有在朝这个方向努力哦。”

鹿在树底下，看着被月光衬托的逗点，嘴巴微微张开。登登在旁边看到鹿这个表情，忍不住想偷笑。

“所以，我们现在就来拆照片吧！”逗点跳起来，伸手就扯下来一张。

手长脚长的鹿，敏捷地爬上树去，很快就拆了好几张，丢给树下的登登。但登登注意到，鹿对树上的某一张照片端详了一下，然后把那张逗点的照片，偷偷收进了口袋里。收好之后，鹿发现登登看到了这件事，就对登登笑了笑。

三个人笑着在树之间蹿来蹿去，远看竟然有点像某个夜间动物园的一群动物呢。

第二天，墨尔本被葬在庄园里。

登登必须尽快赶回去工作，于是逗点代表叔叔送她去火车站。

到了车站，在等火车来的时候，登登告诉逗点她在树下看到的事。

“这个奇怪的鹿头上，应该是很喜欢你的。”登登说。

逗点嗯了一声。

“他这个人其实很可爱，个性也很好，可惜是疯子。”登登说。

“你已经确定他不是骗子了？”逗点笑着问。

“他没有骗人啊。他说到的都做到了，也没伤害任何人。他不是骗子，他只是疯子。”

登登把之前鹿告诉她的那些“他们那边”的事又说一次给逗点听，多补充了一些之前没有转述的细节。

“你怎么知道，他讲的这些，不是真的？”逗点问。

登登叹了口气：“如果他当着我的面，背上长出翅膀，在我面前飞三圈，我就相信他说的！”

逗点扑哧一声笑出来，说：“他又没有说过他是天使，可能只是在那边打临时工，当管理员之类的吧，像我在餐厅端盘子那样。”

“逗点，我知道，经历过小晃的事以后，你变得比较坚强了。可是，世界有世界的规则，而鹿对这些规则很陌生，鹿是很有魅力，甚至也具备了些奇怪的能力，可是他太像外星人了。如果你要和他谈恋爱，你最后可能会在火星上面的妇产科生孩子啊！”

逗点大笑说：“我还挺想去的呢！”

“其实我也挺想去的！”登登也大笑。笑了一下之后，登登转为正经，郑重地说，“不管这个鹿是不是外星人或者天使，到目前为止，他都是一个到处流浪的人，居无定所，神出鬼没，这样的男人，有一天会让你很伤心的！”

“我会小心的。”

登登捏捏逗点的手，心疼地说，“你下次恋爱，要找一个真的在乎你的人呀。”

逗点认真地看着登登说：“嗯，如果能再谈恋爱的话，我希望对方一定要是爱我的人。”

登登心疼地抱住逗点，两人拥抱了一下，火车来了。登登上了火车，想到什么，把头探出车厢，叮嘱逗点：

“有两件事，你和鹿头上说：第一，他总得有个什么身份的证明，不然他遇到了什么事，就会很麻烦。第二，我们节目制作人很愿意再用他，叫他好好考虑一下，起码这是一份收入不错的工作。你告诉他，在我们这边生活，是要花钱的！”

“我会跟他说的！”逗点挥手道别，火车缓缓开走。

一段距离以外，在某个没有火车经过的树林子里，有许多高耸入天的大树。忽然，有一道闪电，击中了一棵原本就枯死，只剩半截的大树。这棵半截枯树被雷击中的那一瞬，在靠底部的地方燃起了一团火焰，然后树干在燃烧的地方折断。半截树身轰然倒下，剩下来一座巨大的、断裂的树墩，形成一个好像巨碗般的容器。树干燃烧的火很快就自己熄灭，没有在这片古老的树林里引起火灾。

如果靠近看这刚被雷劈开的树墩，应该会看见木头的纹理，一圈一圈的年轮，看得久了，有点像个在不断暗暗扩大的漩涡。

这棵原本枯死的树，被这样剖开以后，反而似乎有了一丝复苏的生机，不知道是不是会散发香气，还是剖面会分泌汁液，年轮露出来以后，似乎有什么吸引着附近的昆虫。一些路过的蚱蜢、蛾，还有花纹华丽的蝴蝶，都飞过来栖息在这巨大的碗状树墩之上，缓缓拍着翅膀，使得整个树墩看起来像有花朵正在绽放，减少了毁灭的气息。

爱过你十遍了……

温习

已经忘记的事，

不要随便温习。

因为当年可以撑过的伤痛，

如今可能已承担不起……

【给未知恋人的爱情短信】

第二十章

爱你就会带你认识他的世界

叔叔最喜欢的油画被烧了个大破洞，画上的天使和大树都不见了，剩下被烟熏黑的云朵和草地。但叔叔还是想把这幅破画重新裱起来，当成火灾的纪念。

叔叔拜托逗点拿了破洞的油画布，去城里的美术馆附近，找专业的画框店试试看。逗点坐了叔叔派司机开的车，过桥进城去。逗点本来想找鹿一起去，却到处找不到人，鹿又不接受身上有手机手表这些东西，一旦找不到他，真的很麻烦。前几天，情报老奶奶金上校还特别跑来，很神秘地告诉逗点，说像鹿头上这种没有银行账户、没有卡、连手机和手表都不用的人，通常很可能是犯了大罪在逃亡的人，要不然就是解职的情报人员。金上校奶奶叫逗点要提防一二，令逗点哭笑不得。

由画框店出来，下倾盆大雨了，逗点上了车。车子开了一段路，开车的司机看见马路边有人伸出手，竖起大拇指，摆出想搭便车的手势。

在路口等红灯的司机，对后座的逗点笑着说：在满街都是车的闹市，竟然也有人要搭便车，大城市真是什么怪人都有。

逗点往车窗外看了看，刚要说什么，还没说出口，司机也发现了，先说出来：想搭便车的这位，是这阵子住我们那里的……鹿先生？

真的是鹿头上站在马路边，淋得全身湿透。他不顾行人的目光，伸出手想要搭便车。司机赶快把车开上前去，逗点摇下车窗，问他在搞什么鬼？不好好待在庄园，怎么跑到这里来搭便车？

“搭便车其实没有你想的那么难，我今天想带你搭便车！”

逗点又好气又好笑，说："是我们认识你，才会停车来载你，在这种闹市区，又不是荒郊野外，除了我们，谁会理你呀？！"

"来，你下车来，我带你。"鹿打开车门。逗点迟疑了几秒，咬住嘴唇，真的下车了。

"鹿先生，你们要去哪里，我开车送你们去就行啦。"司机说。

逗点却笑着对司机说："你回去吧，别管我们了。大家都以为这位鹿先生疯疯的，我今天就陪他去发一下疯好了。"说完，真的关上车门跟鹿一起淋雨。

"车上有伞，你们拿把伞呀！"司机拿着伞追下车去，那两个人都一溜烟跑不见了，司机苦笑摇摇头，只好赶快钻回车上，开走了。

逗点一边跑，一边大声地问："你上次才第二次遇见我，我们根本不算认识，你为什么愿意陪我去找小晃？你不觉得我那样很蠢、很疯、很丢脸吗？我们可能会在路边等一整晚，却等不到人的。"雨打在他们身上，满头满脸都是雨。

"因为……我想要知道，恋爱中的人，是什么样子，会做出什么样的事。"鹿大声回答，吃进不少雨滴。

逗点听了，在雨中露出微笑。

逗点跟着鹿，两人在大雨中跑了一段路，有辆小卡车停在一家五金行门口卸货，小卡车后面载货的地方铺着橙黄色塑料布挡雨。

鹿拉逗点躲在五金行旁边的屋檐下。等小卡车的司机回到驾驶座上，快要发动车子时，鹿就拉着逗点，跳上小卡车后面，用塑料布把两人盖住。

逗点又骇异又想笑，在塑料布底下用力瞪鹿，一副想骂人的样子。鹿伸出手指，挡在逗点的嘴唇上。塑料布滤过的天光，使两人的脸色看起来非常温暖。

逗点被阻止，没出声，车开动了。他们两人摇摇晃晃地缩在塑料布底下，雨水一直漏进来，把两人衣服头发都打湿了。

遇到一个红灯，小卡车停下，鹿又忽然拉着逗点跳下车，跑到骑楼底下站着，抖一抖身上的雨。

“你抖雨的样子好像小狗！”逗点看见鹿左右甩着他那半长不短的头发，忍不住笑出来。

“你也这样抖抖看！”鹿说。逗点就学着做，但是逗点头发长，一甩就甩得头发贴在脸上。

“你真的很喜欢做蠢事啊！”两人一起哈哈大笑，逗点猛吐吃到嘴里的头发。

“现在我们去搭地铁吧！”

逗点松了口气：“总算比较正常了。”

鹿摇摇头，说：“可是不可以掏钱买票哦！我们要想别的办法弄到票！”说完，又拉着逗点冲进大雨中，往地铁的入口跑去。

“为什么不可以掏钱买票？”逗点在雨中大声问鹿。

“因为你们这边的人，通通太习惯‘钱’这种东西了！因为像登登这样在乎钱的人太多了！钱是很方便，可是钱没有大家想的那么重要！起码我从你身上看到的是：爱比较重要！爱才会是值得我留在这边的理由，不是钱！”鹿一边这样说，一边忙个不停——

鹿找了地铁站的一角，拿了张广告传单来，两三下折成一只小盒，放在身前的地上。然后，鹿忽然倒立，头下脚上的，两脚做起踩脚踏车的动作。

一般人这样倒立大概就已经没法呼吸了，但鹿似乎觉得没音乐，气氛有点干，竟然还在倒立的同时，吹起口哨来，为表演增加配乐！

路过的人没人丢钱，鹿的双腿又换了个花样，像大剪刀那样，倒立着一开一合，但还是没人丢钱进纸盒。鹿就用倒过来的脸，向躲在旁边假装不认识他的逗点挤挤眼睛。逗点过了两秒才会过意来，就趁有一波路人经过时，假装是欣赏者那样小小鼓了一下掌，然后动作很大地，丢了一张小额纸钞到纸盒里。这样才带动了另外三四个人也丢了点钱。

鹿又以带点疑问的眼神看看逗点。逗点过了两秒，会过意来，上前看了看纸盒里的收获，确定金额够买车票了，就向鹿点点头。

鹿这才脸不红气不喘地由倒立恢复正常站姿。他把纸盒里那张逗点最先丢进的纸钞挑出来，还给逗点，说："讲好不能掏钱买票的。"

逗点不服气，"你手上那些还不是钱？"

"不，这些是刚才用劳力换来的，我们的票是由欣赏的人赞助的。"

逗点耸耸肩说："好吧，你说了算。"但脸上流露出有点佩服的表情。

鹿买了地铁票，带着逗点在一个她很陌生的地铁站下车。

"我们要去哪里？"逗点问。

"去找一家专门供应我们庄园水果的店。我帮我们的厨师做了一场他瘦到变成首席男装模特的美梦，他要答谢我，我就请他帮我打了几个电话，这样我这阵子就可以常常搭每一家送货到我们岛上的店的便车或者是便船。"

"我们要搭送水果的船回庄园？那样是绕远路啊，比坐车慢好几个钟头呀！"逗点说。

鹿转过脸来，看着一直被他拖着跑的逗点说："你们对时间的态度，我也搞不懂——如果时间花在你不喜欢的事情上，那就算是几分钟，也觉得很长；如果时间花在你喜欢的事情上，那就算好几天，也觉得很短呀。我喜欢跟你在一起的时间，多几个钟头，我就多几个钟头的快乐呀。”说这话时，一列地铁由鹿身后呼啸而过，灌进月台的风，把鹿半湿的长发吹得飘动起来。

逗点对鹿这么突然的坦白，有点不知所措，但又很感动。

逗点低下头，想着小晃竟然从来没有一次，说过“喜欢跟你在一起”这类的话。

果然，水果批发行的船夫，很欢迎鹿搭他们运水果的便船去庄园。

“哎呀！带这么漂亮的女生来坐免费的船，浪漫又省钱哦！”船夫调侃了鹿一句，就去搬运水果了。

鹿和逗点也帮着搬了好几箱。然后船就出发了。

大雨还没停，大声地打在船舱顶上。船夫忙前忙后，还不忘塞一堆各式各样的水果请他们吃。

“怎么样？登登一直搞不懂我这么没钱，到底是怎么东跑西跑的。她还不相信会有那么多好心人给我搭便车，可是其实想办法就可以做到的。”鹿开心地和逗点分着桃子吃，有点得意地说。

逗点先是笑了笑，想起登登在上火车前叮嘱她的事，手上剥着桃子，想着心事。

“你怎么了？淋了雨不舒服吗？”鹿很关心地问。

“鹿，你上次告诉登登的那些，关于你是怎么会靠着做梦，最后终于跑到了你们那边去，待了那么久的那些事，登登都讲给我听了。”

“噢，那只是很小的一部分。你想问什么，可以再问我。只要是我老板跟我解释过的，我应该都可以告诉你。”

“嗯，好的……你告诉登登的事情里面，有一个很大的漏洞，我想请你解释看看。”

“真的？很大的漏洞？”

“……鹿，你是几年前，灵魂离开我们这边，跑去那边……看管那棵树的？”

“大概……一年多前吧。”

“照你告诉登登的，你的身体——”逗点用手握成拳，敲敲鹿的手臂，继续问，“你这副身体，这一年多来，就留在我们这边，完全没人使用，一直没有损坏……直到你这次回来，又用了这副身体，身体都完好无缺？”

“啊，这是登登的讲法，她说我这一年多就是个昏迷的植物人，靠家人把屎把尿，按时喂吃的，才替我把这身体保住的。”鹿说。

“这，这就是我说的漏洞啊。怎么可能你的家人可以一年多替你保管一个昏迷的身体，这要很有钱的人，才能在医护中心请到人这样照顾一个昏迷的植物人这么久吧？”

“我从来没有跟登登说过我这一年多是植物人啊！”鹿说。

“那你是什么人？”逗点很讶异。

“我灵魂不在的一年多，一直是一个在大工厂里上班的工人啊。”

“工人？！你既然灵魂不在，怎么可能是一个工人？”逗点问。

“我工厂的同事说的啊。他们说我有一天起床以后，整个人忽然就变成像没了魂的行尸走肉，每天就呆呆地跟大家一起去装配线上工，把同一个零件一次又一次地装到我们工厂生产的洗衣机上。收工了就跟大家一起吃饭，吃饭时呆呆看着电视上的节目，也没有表情。大家跟我说话，我也都没有反应。”鹿说。

“你……你没了灵魂，还能上工？”逗点难以置信。

“我同事说我的工作反正就一直是重复很单调的动作，他们看我就像个机械人一样埋头一直做，倒也没耽误工作。”

“这样，工厂不开除你？”逗点问。

“开除我？！为什么要开除我？工厂又不需要我们有灵魂。”鹿说。

“那……你当工人当得好好的，怎么会莫名其妙地靠着做梦，把自己送到那么遥远又陌生的地方去啊？”

“……因为那时的我，已经有很长一段时间，完全感觉不到自己的存在了……”

鹿说到这个，有点黯然。两人之间，出现几秒沉默。

“所以，你是说，这一年多，你的灵魂在那边，替你的老板照顾那棵会奏音乐的树。而你的身体像僵尸一样，在这边的工厂上班，还领薪水？！”

“是啊，”鹿点点头，“有什么不对吗？”

“我不信。这太离谱了！我需要看到证据！”逗点说。逗点可以接受鹿疯疯癫癫的，但她不能接受鹿持续胡说八道骗人。

“证据……”鹿有点为难，“你是说，像我领工厂薪水的签收单，那样的东西吗？”

“那也可以。”逗点说。

鹿从衣服内侧里的口袋，掏出一个塑料袋套住的小包裹。鹿打开塑料袋，拿出一个破破烂烂的证件，说：“这是我在工厂上班的工人证。”

“你……有证件？那你为什么不拿给我们看？！”逗点非常惊讶地把证件拿过来看。

“没有人跟我要过证件呀……你也没有，登登也没有，叔叔也没有，大家都没有跟我要过证件啊。”

逗点看着证件上的照片，确定是鹿的脸。照出生年算下来，鹿的年龄是二十五岁，等看到证件上的名字时，逗点忍不住笑出来——

证件上的名字，竟然是“陆——同——尚——”这样三个字。逗点大笑着念出声来，说：“原来你说你叫什么‘鹿头上’，是跟我们开玩笑的！”

“我没有开玩笑！”鹿头上认真地说，‘我一到那边，老板把那棵树枝长得像鹿角的树指派给我照顾以后，就帮我命名为‘鹿头上’，我当时听了还觉得好巧，怎么会跟我在这边的名字念起来这么像？可是这么小的事，我也不好意思问我老板。我老板要创造那么多东西，取那么多名字，命名都忙得要死，我就不要再为名字的事去烦他了。”

逗点看了看父母亲那一栏印着“不详”，不知该不该问。鹿却已经自动告诉逗点：“我是孤儿，名字是在孤儿院取的。”

逗点再翻来覆去地看那份证件，实在看不出有什么值得问的了。她把证件还给鹿，闭目整理了一下思绪，终于睁开眼睛，凝视着鹿，问：“所以……你这次回来这边收集大家做的梦，你是灵魂跟身体，又再次合在一起了？”

“是啊，工厂的同事说，我有一天醒来，又变正常了。喂，你看得出来吧？我现在这样难道还会像行尸走肉吗？”

“嗯，所以，此时此刻，没有另一个行尸走肉的你，还同时在工厂当工人吧？”

“当然没有啊。我老板可没有教我分身术！我这次灵魂回来，我同事就很高兴地说：‘这小子的魂总算回来啦。’他们就请我吃了顿饭。然后，我就跟工厂请辞，拿那些存着没用的薪水，到处流浪，帮人家做梦，这样流浪下来，也又过了一年多。”

“那你在这边到处流浪的一年多，都没有跟你那边的老板联络？”逗点问。

“偶尔还是会联络啊，就在这边找树枝长得像鹿角的大树，抱住这样的大树问问，如果有什么事，老板会透过大树留话告诉我啦。不过我层级真的很低，就是个临时去打工的打工仔，我老板没什么事要跟我说啦。”

逗点停止了追问。她不知道还要问什么，她知道，只要有另一个人在场听，都会认定鹿是疯子或骗子。但是她不觉得鹿在骗她。她知道，精明的叔叔也相信鹿。即使是一直太不相信鹿的登登，其实也认为鹿只是流浪成性，疯疯的，不可靠。

两人好一阵子没有讲话，但就像那晚在树丛里陪伴逗点等小晃的时候一样，鹿似乎觉得两个人安静地相处，都不说话，也没有任何值得不安的地方。逗点很喜欢鹿的这个习惯，因为以前和小晃共处一室的时候，如果忽然陷入沉默，逗点都会觉得压力好大，结果就胡乱地找些话来讲，搞得自己很蠢。雨滴依然一滴滴打在船舱顶上，船夫进来，说：“雨稍微小一点了。”

鹿忽然把逗点的包包和自己的塑料袋小包裹交给船夫，说："这些先放你这儿。"

然后鹿就握住逗点的手说："走吧！我带你去看那棵树枝长得像鹿角、会演奏音乐的树！"

逗点大吃一惊："我们在船上，哪里会有树？！"

鹿一下站起来，拉着逗点跑到船舱外。逗点心跳变得非常快，她以为鹿的背上，马上就会伸展出两只巨大的翅膀，然后抱住她，振翅往空中飞去！

"你的翅——"这三个字刚说出口，鹿已经拉着逗点，在大雨中直接由船上跳进水里！

这完全在逗点意料之外。她大声尖叫，可是鹿却在水中稳稳扶住她，在她耳边说："别担心，放松……"

"放松个屁！现在正在下这么大的雨，你还把我丢到水里！"逗点浑身浸水，非常火大。

"乖……放松……放松……"鹿一手握住逗点的手，另一手托住她的背，嘴上一直安慰她，"雨水是天空送来的信息，有时是警告，有时是礼物，不应该永远都躲避……放松，乖……"

很奇妙地，逗点渐渐发现自己整个人漂浮在水面之上。她转脸看鹿，鹿也整个人漂浮在水面上，两人手牵手，像两片连在一起的叶子。

"逗点，不要管雨，闭上眼睛，我带你看那棵树……"

逗点看了看鹿，鹿的眼神是这么清澈而诚实，逗点忍不住微笑着，闭上眼睛。她忽然觉得身子底下的水，转成了透明清澈的蓝色，雨滴也滴滴分明，变成了透明的蓝色，天空也成了透明的蓝色……

她虽然闭着眼睛，却清楚地看到天空浮现一棵小树。这小树在一秒之内，以不可思议的速度伸展开树枝，所有的树枝都飞速生长，每个分叉都长得像雄伟的鹿角，不断地伸展，越来越庞大，发着光，发出音乐……

逗点完全不再感觉到湿或冷，她觉得自己浸在光芒里。她微微张开眼睛，眼前是鹿微笑的脸……

逗点以唇迎接鹿的唇，迎接这个奇妙的、遗忘了身边世界的、失去重力的亲吻。

沙 漏

跟你在一起的每一天，
虽然都像是一颗宝石，
但那不是正常的宝石，
而是装在沙漏里的宝石。

当一天过去，
那颗宝石就由沙漏的上方，
滑过细窄的孔道，
掉到沙漏的下方。
而我也就明确地知道：
我们的爱，
即将到期……

第二十一章

灵魂会在意哪些事？

运货船抵达庄园的小码头时，雨停了，太阳已快下山。顾不得船夫和庄园厨房的人议论两人在大雨中跳下船游泳的奇特行径，逗点和鹿这两个全身湿透的人，在庄园的小路上，边滴着水，边缓步晃荡。走着走着，走在后方的逗点伸出手，悄悄牵住了鹿的上衣衣角。鹿低头笑一笑，没有说话，双手插在裤子的后口袋，大步向前，拖拉着步伐懒散的逗点往前走。

两人经过庄园上课用的小教室，教室已经没人，小黑板上贴着几大张盲人读字用的凸起点字纸页。

逗点跑进教室，坐在座椅上，呆望着小黑板，喃喃自语："好久没有坐在教室里了……"

鹿跟着走进教室，闭眼摸着黑板上的点字页，点字纸页被鹿的手指微微沾湿，留下淡淡的印子。

瘫在椅上的逗点，看着鹿，说："灵魂可以离开身体，去别的地方，这是真的吗？"

鹿转过身，背靠着黑板，眼睛仍然闭着，说："起码我觉得发生在我身上的事是真的……"

"鹿，我疯狂地爱过那个男生，为了接近他，我设计了那次旅行，结果，我们出了车祸，他的女朋友死掉了。"

鹿嗯了一声，他在昏暗的小广场，已经听过一遍这个悲惨的故事。

“如果这个死掉的女生，死掉以后，灵魂在某个地方，看着变成是我跟她的男朋友在一起，她一定会非常……瞧不起我吧？”

鹿低头想了一下，然后说：“我不知道答案。我没有见过任何一个人死掉以后的灵魂。所以这一题，我不知道答案。”

鹿走向逗点，坐在她旁边，说：“可是，如果是我死掉了，而你代替我，陪伴着我所爱的那个人，让他可以比较不痛苦，比较有能力面对接下去的人生……如果是这样的话，逗点，我会感谢你。”鹿把逗点的脸转过来，向着自己，“我不能陪伴的人，如果我还爱着他，我当然愿意有人替我陪伴他，继续爱他。逗点，那个死去的女生会感谢你的。”

逗点听完，流下眼泪。

她把脸埋在鹿的肩膀上，过了一会儿，鹿听见她小声说：“我的这场初恋，把我折磨得很惨，所以，我现在不想恋爱，只想依靠、只想休息，这样也可以吗？”

“你没发现，我就是送上门来给你依靠的啊，我连陌生人都愿意给予一场好梦，怎么会不愿意给你好好的休息？”鹿说，抚着她的发。

“你不在乎我曾经那么爱过小晃……甚至，可能会有很长一段时间，我都会觉得我爱他……超过爱你……这样也没关系？”逗点仍埋住大部分的脸。

“这种事……可能会偷偷地在乎吧，可是没关系，因为我更在乎你……如果没有你，所有的这些在乎，就都没有意义，不是吗？”鹿说。

逗点抬头正视着鹿：“你不会觉得我这样要求你很任性？” 鹿也温柔而坚定地看着逗点：“你当然可以很任性，你就把我当成你最想做的一场梦，在这个梦里面，你可以为所欲为……逗点，在动物园遇见你的那个早晨，我就和我自己说过——如果可以再次遇见你，我愿意那会是一次，关于恋爱的学习。”鹿回答。

两人终于回到庄园的房间里时，已经是晚上了。

淋了雨，又泡了水、游了泳、还哭了的逗点，开始打喷嚏了。

鹿倒没有感冒的迹象。逗点嘟囔着“都是你啦……”之类的话，但不是真的抱怨。今天发生的事，对她来说惊喜又美妙，鹿坦诚地回答了她的疑问，而她好像窥知了鹿所过的生活，窥见了鹿所来去往返的世界。

当然，喷嚏足以把逗点立刻唤回现实，再不泡个热水澡，大概马上就要去诊所拿感冒药了；不过，在水中的那个亲吻，到现在仍令她晕晕的，好像整个人还在波浪里漂荡起伏。

鹿帮逗点放好了一澡缸的热水，但当逗点走进浴室，准备好好泡个澡时，却发现鹿做了件怪事——

鹿在澡缸的隔壁，另外放了个大木桶，木桶里也放满了热水。

“咦？这个是做什么的？”逗点问。

“这个是给我自己泡澡的。我也淋了雨、泡了水，我也需要泡个热水澡。”鹿说。

“你可以等我泡完，你再泡啊！”逗点又气又笑。

“不要，我要一起泡。”鹿说，“你泡你那边，我泡我这边。”

逗点笑着叹一口气，嘀咕一声：“你这家伙……”逗点只好找个地方换下衣服，围住大浴巾，泡进澡缸里。

鹿也围了浴巾，泡进自己的大木桶。两人泡进水后，再把浴巾拿掉。总算成功地各泡各的。

“这样就可以边泡澡边牵手，像白天在水里漂浮时那样。”鹿把手伸出去，逗点也就乖乖地牵住。两人就手牵手，静静地泡着，水雾弥漫在浴室里。

泡了一下之后，逗点笑嘻嘻地说：“你和这么多陌生人，在他们的房间里共度一夜，他们怎么可能都没有对你做什么呀？”

“呃……你是说，他们不可能会乖乖地跟我待在同一个房间里，只做个梦就算了吗？”鹿说。

“嗯，不可能这样就算了，对不对？”

“有很多人会睡一睡就过来抱住我。”鹿说。

“哇！我就知道！那这样不就太乱了吗？”逗点说，“登登说她光是在网络上看到过的，就有什么模特、中学生、上班族……”

“嗯，都有啊，很自然啊，我帮忙做梦的人，有很多会过来抱住我，我就让他们抱。”鹿说。

“那怎么可能接着不会发生别的事？”

“嗯，就是不会呀。那种时刻，大家都很脆弱，其实被抱一抱，如果能够带给对方一点安慰，我也不会介意。而且，难道你没有发现，我可以很容易就让别人冷静下来吗？连今天我那么突然把你丢掉水里去，我都可以让你立刻冷静下来，对不对？”

“这倒是真的。”逗点承认。

“不管那些人本来把我带回去，是不是除了做梦之外，还想些别的事情，反正到后来，我都会让他们只是做了一个他们很渴望做的梦，他们就感到心满意足的喜悦。”鹿说。

“不过我也应该停止收集了。数量上已经超过老板的交代，我已经可以交差了。”

逗点沉吟了一阵子，然后试探地说：“所以，鹿啊，你可以不用再四处流浪了，对不对？”

“对呀，梦已经收集完了，不必再东跑西跑了。”

两人又安静了一会儿，逗点鼓起勇气说：“下午，在水里的那个吻，是真的发生了？还是我的幻觉，就像我幻想我看到了那棵鹿角的树？”

“是真的……是我所照顾的树，给了我勇气。珍贵的时刻稍纵即逝，你大概很难想象，当我一个人孤单地走着，满脑子在想着你时，树总是仁慈地提醒我——到哪个小广场去等你……到哪个路口去拦截你的车……用多少的力气支撑你度过心碎的时刻……在哪一刻用吻向你表达我的爱……每件事，我都不想错过，不想错过你最脆弱、最需要呵护的时刻。”逗点目瞪口呆：“你是说，路边的树，都是你的……场边教练？！”

鹿害羞地笑了：“其实，我也在想，说不定只是我内心的自言自语、自己对自己说话吧。只是我发现：恋爱好需要勇气。对我这样一个恋爱的新人来说，如果把事情想成是比我有智慧的树，在细心地教导我，我比较容易勇敢吧！你不觉得我遇到你以后，很多事情都很勇敢吗？”

“很勇敢，虽然有时候勇敢得有点奇怪啦。”逗点笑了起来，“可是我很需要这种勇敢。鹿，叔叔说陪伴是最珍贵的，我很高兴你对我这么用心。”逗点接着说：“鹿啊，我想回学校去，继续念书。”

“好呀，我陪你回去。”鹿很爽快地回答。

“真的？！”逗点很兴奋。

“真的啊！”鹿说。

“太棒啦！你陪我回去！”逗点高兴得忽然从浴缸蹦进大木桶，水溅得到处都是。

逗点这个突如其来的小孩般的动作，难得地吓了鹿一跳！

鹿手忙脚乱地拿起旁边的大毛巾裹住逗点，把她整个人抱起来，又放回她自己的澡缸去，嘴上还一直说着：“冷静啊！大家都要冷静！”

逗点哈哈大笑：“看，你也有紧张的时候，哈哈！”

鹿围起自己的毛巾，起身离开木桶，蹲在逗点澡缸旁边，说：“你慢慢安排回学校的事，我也要找机会把我收集的梦交给我老板，然后我就陪你回去！”

“我好高兴！”逗点抱住鹿。

逗点很想念学校，但在艾立思和小晃的事情之后，她实在很怕一个人回到那个伤心地，现在有了鹿的陪伴，她总算有勇气回去了！

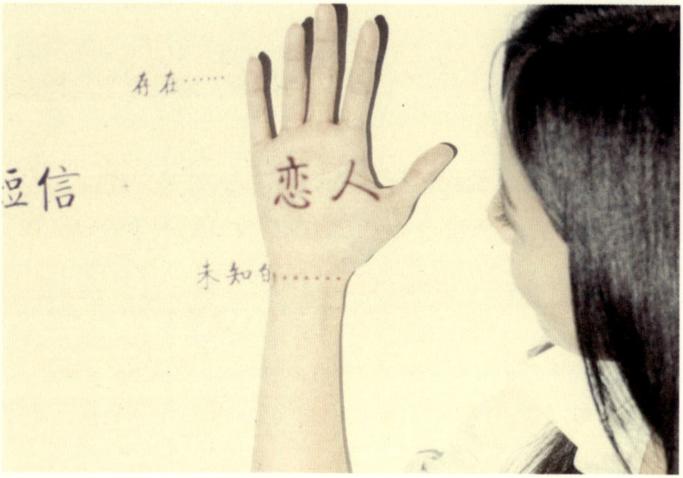

开灯

人们当然喜欢，
梦见幸福美好的事。
只是他们也要同时学会别醒过来才好。

因为越幸福、美好的梦，
醒过来就越残忍，
就像越破败的房间，
就越不该把灯打开……

【给未知恋人的爱情短信】

第二十二章

一生可以回到原地几次？

开学日期逼近，逗点靠着几位住户中的教授帮忙，尽快办好了复学手续。

明天，就是逗点和鹿告别盲人庄园的日子。

两人次日的火车票已经买好，逗点的行李也都准备好了。在和叔叔道别时，鹿抱着一个样式古典的小箱子进来，说："我的老板吩咐我要去交东西了。"

"你要去哪里交东西？"逗点有些不安地问。

"老板通知了我交东西的时间，确切地点我老板还没指示。我现在要往他交代的方向出发了，这箱子里就是我替他收集的所有记录梦境的叶子。"

"那……我们明天的车票要不要改期？"逗点问。

"不用改啊。老板已让我知道，交东西地点不会离这里太远，我可以跟你在火车站会合。"

逗点更加不安了。她想到登登一再提醒她，鹿可能是个根本定不下来的流浪者，于是问鹿自己可不可以陪他，一起去完成"交作业"这件事。

鹿露出非常为难的表情，说："我老板不会允许的，除非他允许，这边的人本来就不该介入那边的事。逗点你不要担心，我把东西交出去，最晚明天在车站跟你会合。"

在一旁的叔叔，拿出一部手机给鹿，说：“这手机是我给你弄好的，我会把号码告诉逗点。我知道你不喜欢用这些东西，可是不要让逗点太担心，你就带着手机吧。”

鹿听话地收下手机，抱了抱叔叔，又过去拥抱逗点，说：“我现在出发比较好，我老板他们都挺一板一眼的。这是我为他做的最后一件事，我还是把最后步骤做好才对。”

“那你明天不要迟到了，我把你的火车票给你。”逗点无奈地让鹿走了，但看得出来，她很没把握。在乎了一个人，就会因他而有种种不安，好像移居到一个地心引力时有起伏的星球上。

等鹿走了，逗点对叔叔说，她担心鹿又会很突然地消失不见，她又落得一个人回去，面对所有伤心的回忆。

“我知道他不是个骗子，骗子不是这样的。逗点你要用比较特别的方式相信他，因为他是一个特别的人。”叔叔安慰逗点，“起码他答应带着手机了。反正就多提醒他几次，叫他明天别迟到就好了。”

当晚，吃完了庄园为她办的惜别晚餐后，逗点又打电话向鹿确认行踪。

幸好鹿接了电话。鹿表示他已经到达老板指定的目的地了，但他不能透露明确的地点，不过，交东西的时间会在半夜，所以明天赶去车站会合是没问题的。

逗点稍微放心了一些，但也不好再向鹿确认更多细节，不然就显得太不信任了。

逗点昏昏睡去。她有点好奇鹿是怎么把作业交出去的，也对回到学校，回到有登登做伴的日子很期待。她睡得不安稳。

次日，很早的班车。

叔叔和三位奶奶坚持陪逗点到了车站，本来他们还想陪上月台，但人真的很多，逗点坚持自己去月台，她答应会在假日回岛上探望他们，叔叔和三位奶奶才依依不舍地挥别了逗点。

逗点自己带着行李，来到月台上。

她担心的事发生了。

时间一分一秒过去，鹿没出现，鹿的手机也没人接听。

强烈的沮丧，淹没了逗点。

逗点一个人站在月台边，低头望着前方的铁轨，铁轨默默地无限延伸到远方。“是我对爱变得太贪婪，所以要被惩罚吗？”逗点在这一刻，讨厌自己，她为什么要再次如此莽撞地、容许自己这么快就依赖了鹿？

“人是可以这样就随便依赖了另一个人吗？这样对自己还能算有责任感吗？”逗点在心理严厉地斥责着自己，她咬着下嘴唇，用脚踹着月台边缘，“别人已经警告过我，这个人流浪成性、定不下来，为什么我还要把自己的心委托给他？！为什么这么不听话？！”

逗点在心里一面斥责着自己，一面却同时偷偷呼唤着鹿的名字：“鹿，赶快出现，赶快来救我，不要再让我继续这样骂我自己……”

逗点闭上眼睛祈求着，祈求睁开眼的那一瞬，看见傻呼呼的鹿已经乖乖出现在身边。逗点做了一次深呼吸，缓缓睁开眼，寻找……月台上人越来越多，但没有鹿的踪影。

逗点泄气得要命。她站不住了，一骨碌盘腿坐到了地上："算了，不要回去了，也不要回小岛上了，哪里都不要去了吧，反正哪里都没有人在等我……"她用双手捂住了脸，不懂自己的爱为什么会带来这么多的羞辱。

她也不知道自己这样在地上坐了多久，直到她感觉有一点动静，好像是月台对面，有人掷小石子到面前。

逗点把脸抬起来，迷茫地望向对面的月台，突然一阵晕眩袭来——对面月台上，一个男生蹲着，维持着和自己四目对视的高度，那个男生，是小晃！

逗点嘴巴张得大大的，不能相信自己的眼睛，而对面月台上的小晃却淡淡地笑着、专注地看着自己。

身边传来轰隆隆的巨响，像声音的巨墙飞快地逼近过来，相反方向的两列火车同时进站了，挡在了逗点和小晃之间。

逗点急忙站起身，发狂般冲上面前刚刚停妥的火车，急着要透过车窗，确认对方的踪影！

逗点寻找了一下，果然在并排但反方向的另一列火车上，小晃也正在寻找着她。

他们两人同时来到窗前，她在这列火车上，他在另一列火车上，中间隔了两条空着的铁轨，她和他隔窗相望。她很激动，他也有点激动；她很惊讶，而他有点惆怅。

两节车厢各自有些乘客上来了。但逗点和小晃都没有管这些乘客，他们两人互相隔窗而望，逗点的脸色渐渐镇定而和缓了。可是车厢里越来越多人挡在他们之间，这时，小晃拿出手机来，示意逗点打手机。

逗点向小晃点点头，也要拿出手机，但拿出到一半时，逗点的手忽然停住了，停在半空。

小晃抬起眉毛，露出疑问的表情。逗点看看自己的手机，轻轻叹了口气，然后，她脸上浮现了一抹“还是算了”的微笑，对小晃摇摇头，把手机放回了口袋里。

小晃有点意外，但似乎懂了，他轻轻点头，也把自己的手机收了起来。

这时，火车开始动了。小晃察觉了，就对逗点比了比自己搭的火车要前往的方向，于是逗点也用手比了一下相反的方向，两列火车各自往不同的方向慢慢开动了。

他举起手，向她挥别。她流露出一丝欣慰的神色，也举起手，回应他的挥别。

火车的速度变快，他们很快就看不见对方了。逗点目送小晃的火车远去，她忽然想起什么，摸了摸脸颊，很感叹地小声对自己说：“这次总算……没有哭啊……”

呆呆缩在椅子里的逗点，茫然地望向窗外。

她试着要理解这趟旅程，刚才那个月台，难道就是上演她恋人情事的残酷舞台吗？

她毫无准备地失去了鹿，又毫无准备地挥别了她一直以为她仍然在爱的人。

这好像是通过了一场无预警的人生抽考，但她心里充满了苦味。她也许是通过了一道关卡，却发现自己仍然面对着一座荒原。

小晃已远去，鹿没有出现，剩下她自己。火车再开了一阵，逗点终于醒悟：她这下是真的挥别了此城，同时挥别了这段如同恩赐又如同惩罚的初恋。她不是想过小晃好歹该亲自现身向她道别吗？嗯，现在有了；她不是遗憾过身在同城、恋人已非吗？嗯，现在小晃反向而去，从此不在同城了。是啊，这些执念，此刻都成真了，又如何呢？大概这就是：经历过才能成长吧，如蝶挣脱蛹，曾被困住，才能挣脱啊。

这火车漫漫的旅程，逗点沿路看着每一站都有人上车，有人下车，不管谁上谁下，火车依然前行。如她的人生。

逗点忍不住重重地叹了一口气，沮丧地用额头抵住窗户，她一路就这样被黑暗的浪潮冲刷着，漂过来、荡过去，对于火车开了多久，根本已失去了坐标，直到车窗外的景物渐渐有点熟悉。她这才慌乱地察觉火车已经快到站了，车速减慢，窗外风景的移动也缓慢多了。逗点看着熟悉的风景，期待火车别停，随便开向哪里都好。

逗点听见自己的心跳有点加快。她理所当然地以为是因为自己情绪起伏剧烈，还有某一种近乡情怯的感觉。直到她勉强自己振作，比较集中精神以后，她才弄清楚她之所以会心跳加快，是因为自己看见了什么——

她看见窗外靠近车站的一大片草坡，绿草之间，跳着向她挥手的，是腿长爱笑的鹿头上！高高的鹿，站在一片浓郁的绿色中，乍看简直像一棵挥舞着树枝的小树。

鹿确定火车上的逗点也看到了他以后，就开始专心一志地迈开长腿，向车站月台的方向奔跑。他一边用力奔跑着，一边向逗点笑着挥手。在车上的逗点先是完全愣住，反应不过来，接着终于回过神来，也渐渐露出了笑容，傻瓜般对窗外挥着手。挥着挥着，她甚至还原地蹦跳起来。而笑的同时，开心又生气的眼泪，也不争气地从眼角涌出。

没有因为看见小晃而流的泪，都为鹿而流下了，也许她并不像她以为的，这次是要鹿来爱她多一些。

火车总算停靠在了月台，而鹿头上这样一路大步跨栏般跑过来，当然喘得很厉害。逗点迈出火车门，鹿等不及地上前把逗点抱起来转了好几圈。两个人都灿烂地笑着。

转完圈后，鹿放下逗点，却刚好脸对上不知何时出现、脸色非常难看的登登——登登因为听说鹿又搞失踪，特别赶来车站接逗点。

“你到底在搞什么，鹿头上？！不会又是迷路了吧？！你要不要我给你植入宠物芯片，这样我们下次比较好找到你？！”登登狠狠地对鹿说。

鹿一边拿起逗点的行李，一边解释他在“交作业”完成之后，竟然被巡视森林的警察扣起来，好几个钟头才放人，所以严重耽误了时间。

“你在森林里做了什么？”逗点很关心地问。

“你是不是是没穿衣服，抱着树接吻？”登登没好气地问。

“啊，可以这样吗？”鹿认真地回问。

“不可以啦！赶快说你在森林做了什么怪事？”登登又吼了一句。

三人步出车站，上了登登新买的小车。

“老板连续通过三棵树交代了我交作业的时间地点，说他在离庄园不远的一处森林里，已经预先用闪电击树，做好了一个树墩大碗，叫我把那些记录梦的树叶，放在那个树墩大碗里，把所有树叶一次点燃，烧给他就可以了。”

登登一边开车，一边翻白眼：“你一定是把整片森林都烧掉了，对不对？你老板也太天才了吧，要烧树叶用铁桶就好啦！他不知道我们烧纸钱给死人都是用铁桶的吗？！”

“呃，我很小心啦，完全没有烧到任何其他的树。”

“那你怎么会被森林警察带走？”逗点问。

“那些收集来的树叶一起燃烧时，冒出的烟雾有各种颜色，被烧之后，在空中形成大大小小的彩色旋涡，和烧平常树叶的烟完全不一样，巡视森林的人说他们是看到这么奇怪的烟，才跑过来查看的。”

“他们一定以为你是在偷砍树，或是以为你在搞什么怪法术？”登登说。

“他们到现场一看，就知道那棵大树是被闪电击倒的，不是我锯断的。他们也检查了树叶烧剩的灰烬，也没发现什么他们担心的违法的东西，可他们还是觉得我在森林里烧树叶非常危险，而且烟的颜色那么怪，所以花很多时间问我问题，手机什么的也都被他们先没收了，一时没办法打电话通知你。对不起，害你们担心了。”

“那你怎么这么快又被放出来了？”逗点问。

“那几个森林警察的主管，看了我的证件以后，说认出我来了，说我是他在孤儿院一起长大的好朋友。他说他前一阵子在那个宠物节目里看到过我一次，还特别打电话去节目制作组，却打听不到我的消息。没想到会在他负责的那片森林里碰到我，他很高兴呢。”

“那你呢？你一点都不记得他了？”逗点问。

鹿摇摇头，说："我的灵魂做梦到那边去以后，这边的我对于以前的记忆，变得很模糊，小时候发生了些什么事，我一点都想不起来了。"

听到这种话，登登还是忍不住又看了身旁的逗点一眼，那个眼神里既有不放心，也有翻白眼，甚至有一丝责怪的意思，显然是责怪逗点何必明知很麻烦，还要招惹这样的怪人。

逗点无奈地抿抿嘴，说："所以，你才耽误这么久，赶不上我们的火车？"

"是啊，对不起。"鹿说。

"你又相信他？！他运气怎么可能这么好？！"登登忍不住抱怨逗点被爱冲昏头。

"嗯，我也觉得运气很好。不过，很可能是老板收到我交的作业以后，顺手帮我把问题解决了。"

这下登登也就语塞了。她本来一听老板二字，又想骂粗话，但转念一想，她还真没办法确定鹿头上的那位神通广大的老板到底存不存在，如果存在，也犯不着一时嘴快，去得罪这么一号难以想象的人物。

"孤儿院时期的这位好朋友，后来安排我坐运木头的运货火车赶来的，因为中间都不停任何站，反而比你还早就抵达了。我想尽量早点让你看到我，所以看见你那班火车开过来，就赶快跑过去找你，跟你挥手。"鹿向逗点说明，脸上满是歉意。

"你以后不要想到什么就做什么，不然很容易又被抓走哦。"逗点说，但她眼泪总算止住了。了解到自己没有再次被遗弃，她脸上终于浮现出欣慰的表情。

登登脾气暂时发完了，说："好啦，我带你们去看替你们新租的房子吧。"

"我可不可以到前面跟你们坐一起？"鹿问。

"不准！"登登又吼他。"鹿头上，租房子的押金是我替你垫的，你赶快开始赚钱还给我！"

这时一直躲在角落的八哥鸟也忽然冒出来，对鹿喊着："钱还给我！钱还给我！"

逗点脑中却浮现了一个有点酸楚的画面——

"一样是同坐一车，一样是两个女生、一个男生，可是只有我回到了原地，而一切都不一样了。"这念头默默出现在脑中，但逗点决定不要多想，让这念头再沉下去。

回忆如同花朵，凋谢了就让它掉在土壤里，变成下一朵花的养分。当下一朵花绽放时，你自然又会在那上面，看到已谢的花的影子。

影 子

回忆如同花朵，

凋谢了就让它掉在土壤里，
变成下一朵花的养分。

当下一朵花绽放时，
你自然又会在那上面，
看到已谢的花的影子。

【给未知恋人的爱情短信】

第二十三章

破洞就是未知世界的入口

逗点的生活被一场车祸撞出了原来的轨道，在无法命名的崎岖路上游荡了一阵，现在，似乎暂时回到了另一个轨道上。

人生都是这样的，有时人自己切换轨道，有时命运替你切换轨道，只是命运切换时的手劲是温柔还是粗暴，没有人能预料。

逗点恢复上学，努力想补上她落后的功课。

而鹿呢，实现了他好好陪伴逗点的承诺，他在当地大酒店里当服务人员。但耐人寻味的是，这家酒店里渐渐出现一个现象，让所有工作人员百思不得其解——入住的重要客人，越来越多人指定要鹿去铺床。听说是客人间口耳相传的，说由鹿所铺的床，客人常会梦到珍贵的内容，不过这种事根本无从查证。但是依照鹿自己的说法，他帮人做梦的能力，已经在交出作业之后，被他的老板收回了。

这样的状况越来越多，鹿竟然很快就被提拔到高级楼层去当专任管家了。可是鹿是否喜欢这份服务别人的工作呢？依照鹿的想法：“能够遇到喜欢的人，而且能在一起，能互相照顾，我那边的老板特别提醒我，这就是难得的幸福了，叫我好好珍惜。工作不是人生的重点，我觉得没关系。”

不过鹿倒是坚定地拒决了宠物节目的一再邀约，他很认真地对登登说：“你上越多电视，就会越出名。出名不一定是好事，我的老板一直都避免出名，所以几乎没有人找他麻烦。现在出名表面上带给你很多好处，可是有一天你可能会后悔这么出名哦。”

“闭嘴啦！你懂个屁？！在我们动物园里，出名的动物都吃得比较好啦！”这是登登的回答。

过了四年之后，逗点顺利从学校毕业了。这四年当中，鹿一直陪伴在逗点身边，再也没有神出鬼没。

至于鹿头上的工作，有了很大的改变，他原来服务的那家酒店，有一位客人不知怎么发现了鹿非常了解水果，就找鹿合作，开发了一处号召游客去种水果或摘水果的庄园。

鹿和逗点两人没有订婚或结婚。一方面，逗点怀疑鹿仍可能随时被他的老板召唤去那边。不过鹿说他和逗点在一起之后，充分感觉到自己的存在，已经不可能再发生灵魂搭乘着梦而逃走这种事了。另一方面，逗点坚持起码要等登登找到一个比较固定的交往对象，她才考虑订婚结婚的事，她努力地给登登介绍对象，想把仙人掌的针刺变成花。

众人之中，最先结婚的，竟然是叔叔。

大家一起受邀去项链岛的庄园参加叔叔的婚礼时，都见到了这位和叔叔差不多年纪的新娘。听说在四年前，逗点和鹿离开盲人庄园之后，叔叔就不辞艰辛地展开了一场寻人之旅。大家对叔叔以前的感情史当然都不清楚，所以庄园的人也只是大概知道叔叔这四年来费尽心力寻找而终于找到的这位新娘，是在十几年前曾经跟叔叔短暂交往过的，然后这位女性就一直保持单身，直到现在。

叔叔这场婚礼的开始，别开生面。婚宴现场先不亮灯。所有宾客在黑暗中被引导进场之时，现场只有地面的微弱烛光。婚宴开始之前，长桌两侧的宾客，全部都以伸手触摸对面宾客的五官，取代握手或交换名片，来作为初次认识对方的礼仪。

鹿的对面坐的是登登，两人虽然很熟，但黑暗中互相摸脸也是第一次，因此颇感新鲜，隐约可以听见登登边被触碰，边小声骂了几句粗口。

逗点坐在鹿的旁边。逗点并不知道对面坐的是谁，她缓缓伸出手，去触碰对面那位宾客的脸。才刚碰触到对方的鼻尖，逗点的手就凝住了。

全场不会有别人知道逗点碰到了什么事，黑暗中，嘻笑声、惊呼声此起彼落，即使就在逗点旁边的鹿，也没有注意到逗点碰到了什么事。

全场，只有逗点自己，以及被逗点所触碰的那人，知道彼此的反应。

几秒之后，逗点的手总算不再凝住，沿着对方的鼻尖，接着触碰到脸颊、眼睛、额头。

即使已经四年完全没再遇到，触碰的感觉，还是强烈如同初次。巨大的怀念，如潮水般从指尖传来，瞬间淹没逗点的手臂，乃至全身。

“……小晃啊……”黑暗中，逗点无声地呼唤着这个她无比眷恋，却也带给她许多伤痛的名字。

四年来，再次触碰到小晃脸的第一秒，一切回忆扑面而来。

这是一张逗点的手指不可能忘记的脸。

黑暗中，逗点知道自己的手被小晃牵住。可能小晃也很激动吧，逗点感觉小晃握住自己的手有点用力。她的手被握住了几秒钟，然后，她感觉到小晃温柔地在她的手心印下一记长吻。

然后逗点的手被放开。接着，随着悠扬的法国号齐鸣，现场的水晶吊灯渐渐有层次地亮起，眼睛看得见的宾客们都得以看见刚才以手触碰的自己对面的人，有些是熟人，有的则完全不认识，大家都笑着互打招呼。眼睛看不见的宾客则不太觉得环境有什么改变。

而逗点对面的座位已经空了，小晃已经不见踪影。逗点望着对面的空位，忽然好怀念四年前那个勇敢又莽撞的自己。

她知道在火车上默默挥别之后，小晃四年来都无从晓得：当初在他抛下自己离去之后，她曾经傻傻地拿着别人提供给她的清单，飘荡到那个偌大的城里，影子般踩了一遍他的足迹，又刺客般在深夜守候他几小时，就为了窃贼般偷看他几十秒，然后看见他完好无恙，终于，她野鬼般在黑暗中独自痛哭。

然而那一点都没关系，那都过去了。他一点都不需要知道她这些徒劳的琐事，因为这些徒劳的琐事，是她为自己的疗愈，必须做的努力。而后来火车上平静的挥别，也许就是她所换得的坚硬果实吧。绝不甜美，但的确是坚固的果实。

鹿转脸看见逗点眼睛微微泛着泪光，很关心地问逗点还好吗？逗点感激地点点头，用力握住鹿的手，说："鹿，谢谢你一直陪伴我。我真的好高兴，我们都为幸福好好努力过了。我们都没有辜负对爱的学习。"

那幅四年前被火灾烧去天使和大树的油画，重新裱好了画框，陈列在婚宴大堂的一角，显然，那劫后余生的、呈现一个大洞的破画，是一个人心中破洞终于缝合的倒影，是一场恋爱再次复活的纪念。

迎接这对恋人的音乐响起，各种颜色奇妙、大片小片的树叶，夹杂着宽阔明亮、金茎金柄的大片白色羽毛从天而降，随音乐在空中飘舞，缓缓降落在每个恋人的身上。仿佛是那幅破洞油画中已经消失的天使和大树，赐予所有未知恋人的叮咛和祝福。——勇敢付出爱，勇敢接受爱。爱了，就在了。

怀 念

有些人，我们把他留在回忆里，

是为了要借由他们，

来怀念当时的自己……

晒我和《蔡康永爱情短信——未知的恋人》创意合照，赢联想乐Phone S720手机

- **活动方法：**

所有新浪微博用户及腾讯微博用户，以#蔡康永爱情短信#为话题，拍自已跟《蔡康永爱情短信——未知的恋人》一书的合照，晒出你最具有创意最好玩的合照，发布至新浪或腾讯微博，并@蔡康永 及@博集天卷，蔡康永会亲自从合照中评选出最有创意的4名粉丝，可获得由联想提供的“联想乐Phone S720 手机”1部。

- **活动时间：**

2012年10月15日—2012年12月11日

- **获奖名单公布时间：**

2012年12月12日

- **活动奖品：**

联想乐Phone S720 手机（共4部）

- **活动规则：**

1. 以#蔡康永爱情短信#为话题，上传同《蔡康永爱情短信——未知的恋人》一书的创意照片并分享至个人微博，同时@蔡康永及@博集天卷；
2. 活动结束后，由蔡康永本人评奖，获奖名单将在博集天卷官方微博上公布；
3. 参与活动的同一微博ID及同一张合照只有一次获奖机会；
4. 活动结束后，博集天卷官方微博会以私信的方式同获奖者联系奖品发放事宜；
5. 主办方同获奖者以私信的方式确认信息后，将在10日内，以邮寄的方式向获奖者发放奖品，运费由主办方承担。

- **备注：**

1、 主办方将对获奖者进行核查，如不符合活动规则将取消获奖资格；

2、 奖品图片仅供参考，以实物为准，获奖产品由联想提供并承担产品质量及售后服务；

3、 本次活动由中南博集天卷文化传媒有限公司举办，活动举办方对本活动及未尽事宜拥有最终解释权。

图书在版编目（CIP）数据

蔡康永爱情短信：未知的恋人 / 蔡康永著. — 长沙：湖南文艺出版社, 2012.11
ISBN 978-7-5404-5781-5

Ⅰ. ①蔡… Ⅱ. ①蔡… Ⅲ. ①长篇小说—中国—当代 Ⅳ. ①I247.5

中国版本图书馆CIP数据核字(2012)第221725号

上架建议：畅销·小说

蔡康永爱情短信：未知的恋人

作　　者　蔡康永
演　　出　曾恺玹
出 版 人　刘清华
责任编辑　丁丽丹　刘诗哲
监　　制　刘　丹
策划编辑　王　静　王　蕾
营销编辑　刘智慧　张　宁
封面设计　蔡康永　利　锐
版式设计　利　锐
出版发行　湖南文艺出版社
（长沙市雨花区东二环一段508号 邮编：410014）
网　　址　www.hnwy.net
印　　刷　北京盛通印刷股份有限公司
经　　销　新华书店
开　　本　880mm × 1270mm 1/32
字　　数　170千字
印　　张　7
版　　次　2012年11月第1版
印　　次　2012年11月第1次印刷
书　　号　ISBN 978-7-5404-5781-5
定　　价　29.80元
（若有质量问题，请致电质量监督电话：010-84409925）